一切出色的东西都是朴素的,它们之令人倾倒,正是由于自己的富有智慧的朴素。

——高尔基

大作家讲的小故事

失窃的蓝头巾

［苏联］高尔基 著
李辉凡 译

图书在版编目(CIP)数据

失窃的蓝头巾/(苏联)高尔基著;李辉凡译.—北京:北京大学出版社,2013.1

(大作家讲的小故事)

ISBN 978-7-301-21785-6

Ⅰ.①失… Ⅱ.①高…②李… Ⅲ.①短篇小说-小说集-苏联 Ⅳ.①I512.45

中国版本图书馆 CIP 数据核字(2012)第 303103 号

书　　　　名:失窃的蓝头巾
著 作 责 任 者:[苏联]高尔基　著　李辉凡　译
点评文字撰稿:王水芬
丛 书 策 划:邹艳霞
责 任 编 辑:泮颖雯
标 准 书 号:ISBN 978-7-301-21785-6/L·2563
出 版 发 行:北京大学出版社
地　　　　　址:北京市海淀区成府路205号　100871
网　　　　　址:http://www.pup.cn　新浪官方微博:@北京大学出版社
电 子 信 箱:zyl@pup.pku.edu.cn
电　　　　　话:邮购部 62752015　发行部 62750672　编辑部 62767857　　　　　　　出版部 62754962
印 刷 者:北京大学印刷厂
经 销 者:新华书店
650 毫米×980 毫米　16 开本　12.75 印张　150 千字　　　　　　　　2013 年 1 月第 1 版　2014 年 9 月第 5 次印刷
定　　　　　价:22.00 元

未经许可,不得以任何方式复制或抄袭本书之部分或全部内容。

版权所有,侵权必究

举报电话:010-62752024　电子信箱:fd@pup.pku.edu.cn

目 录 Contents

失窃的蓝头巾	1
伊则吉尔老婆婆	29
契尔卡什	57
春天的旋律	99
鹰之歌	105
穆康的传说	113
柯留沙	119
肯斯科伊家的大娘	125
因为烦闷无聊	133
草原上	157
二十六男和一女	173
谈一本令人不安的书	191

失窃的蓝头巾

● 带着问题读一读,你会收获更多 ●

1. "咳嗽使他声音变得嘶哑,喘不过气来,迫使他从地上抬起身子来;他眼睛里涌出大滴的眼泪……"阿尔希普爷爷为什么这么伤心?
2. 阿尔希普爷爷偷了什么?

大作家讲的小故事

在等渡船的时候，他们都躺在陡岸悬崖的阴影下，久久地默默地望着脚下库班河那急促而浑浊的波浪。廖恩卡打起盹来了，阿尔希普爷爷则觉得胸口有点莫名的喘不过气来的疼痛，睡不着觉。他们穿着破烂衣服，身体缩成一团，在大地的深棕色的背景上，只显现出可怜的两团东西，一团大一些，另一团小一些。他们那疲惫不堪的、晒黑了的、布满尘土的脸孔，跟棕褐色的破烂衣服完全是同一种颜色。

阿尔希普爷爷的又瘦又长的身子横卧在窄小的沙滩上。沙滩就像一条黄色的带子，沿着河岸在悬崖与河水之间伸展出去。正在打盹的廖恩卡躺在爷爷的身边，很像一个锁形面包卷。廖恩卡个小、体弱，穿着破衣服，就像是一根从爷爷身上折下来的弯曲的小树枝，爷爷则像一棵被河浪冲到这沙滩上来的枯萎了的老树。

爷爷稍稍抬起头，把头靠在胳膊肘上，望着洒满阳光的对岸。河岸上稀疏地种了几丛柳树，树丛中露出了渡船的黑色的船边。对岸寂寞而又荒凉。一条灰带子似的道路，从河边一直伸到草原的深处，看起来笔直而又干燥，并且使人感到沮丧。

他那双浑浊的、眼睑红肿而又发炎的老人的眼睛在眨巴着，他那张刻满了皱纹的脸表现出令人难受的苦闷，他时常忍不住要咳嗽，但看了看孙子，便用手把嘴巴捂住。咳嗽使他声音变得嘶哑，喘不过气来，迫使他从地上抬起身子来，他眼睛里涌出大滴的眼泪。

草原上除了爷爷的咳嗽声和波浪拍打沙子的轻微声音外，没有任何别的响声……草原就分布在河的两岸，十分宽阔，一片棕褐色，被太阳烤晒着。只有在老年人的眼睛几乎看不见的很远的地平线上，麦子的金色海洋才会掀起华美的波涛，耀眼的明朗的天空也会在麦海上直接降临。麦海上隐约地出现了远处三棵白杨树的匀称优美的身影，看上去它们时而缩小，时而又变高了，而天空和被天空覆盖着的麦子却时起时伏地在摆动。突然间，所有这一切全都隐没在草原上那种热蒸气的银色雾幕里了……

这种雾幕是流动的、明亮的、不稳定的，它有时候从远处飘过来，几乎直达河岸，这时它本身就好像是一条突然从天而降的河流，跟天空一样纯净，一样平静。

阿尔希普爷爷平时没有见过这种现象，这时他擦了擦自己的眼睛，痛苦地想，这样的炎热和草原会把他的视力耗光的，就像它们把他脚上的最后的气力耗光了一样。

今天他感觉比近来任何时候都不好，觉得自己快要死了。尽管他对死亡并不在意，没有去想它，而是像对待应尽的义务一样，但是他不愿意死在这儿，而是要死得远远的，死在家乡，而且一想到孙子，就更难受……廖恩卡何处安身呢？……

他每天都要好几次拿这个问题问自己，每次都觉得心里压着一块石头似的，心灰意冷，难受极了，恨不得马上就回到家乡，回到俄罗斯去……

可是，回俄罗斯太远了……无论怎样都回不去，有可能死在半路上。在这里，在库班，人们施舍得慷慨些，虽然他们也令人难受，老爱嘲弄人，但他们生活很富裕。他们不喜欢乞丐，是因为他们有钱……

爷爷用饱含泪水的目光望着孙子，用一只粗糙的手小心地抚摸他的头。

廖恩卡动了一下，抬起他的浅蓝色的眼睛。这双眼睛又大又深，带有一种与孩子不相称的若有所思的表情。在他那瘦削的麻脸上，配上一个尖尖的鼻子和两片没有血色的薄薄的嘴唇，他的眼睛便显得更大了。

大作家讲的小故事

"船来了吗?"他问道,用手护着眼睛,朝反射着太阳光的河上望了望。

"还没有来,没有来……船在那儿停着。它干吗要到这儿来呢?又没有人叫它,所以它就停着……你打瞌睡了吧?"

廖恩卡含糊地扭一下头,便挺直身子躺在沙滩上。他们沉默了一会儿。

"要是我会游泳的话,我就下去洗个澡。"廖恩卡专心地望着河水说,"河水流得真急!我们那儿可没有这样急的河。为什么要流得这么急?跑啊,就好像害怕要迟到似的……"

于是廖恩卡不满意地掉转了头,不看河水了。

"这么着吧,"爷爷想了想后说,"让我们把腰带解下来,然后把它们接上,我拿它的一头拴在你的腿上,这样你就可以下去洗澡了……"

"嗯——嗯!……"廖恩卡很懂事地拉长声音说,"你怎么想得出来?难道你不认为会把自己也拖下水吗?会把两人都淹死的……"

"是啊,真的!会把两人都拖下去。瞧,水流多急……春天时节,要涨大水了——啊唷……那边的草场——要遭殃了!那是一片无边无际的割草场!"

廖恩卡不想说话,他没有回答爷爷的话,却把一块干土拿在手里,把它拧成粉末,脸上却是一副严肃认真的表情。

爷爷一面眯起眼睛望着他,一面在想心事。

"瞧,就是这样……"廖恩卡单调地静静地说,一面把手里的碎土抖掉,"现在……我把这块土拿在手里,捏一下,它就变成了粉末……只是一些微小的碎块,眼睛都几乎看不见它……"

"那又怎么样?"阿尔希普咳嗽着问道,透过含满泪水的眼睛望着孙子那双干燥的闪着亮光的大眼睛。咳嗽完了后他又加了一句："你干吗这样说呢？"

"是这样……"廖恩卡摇摇头，"我是说，在那边，一切都是这样！……"他朝河对岸挥了挥手，"一切都建筑在它上面……我跟你走过了多少城市！太多了！可是各个地方的人有多少啊！"

廖恩卡不善于捕捉自己的思想，于是又不说话了，陷入了沉思，一面看了看自己的四周。

爷爷也沉默了一会儿，然后紧挨着孙子，亲切地说：

"你是我聪明的孩子！你说得对——一切都是尘土……城市、人、你和我——都是一粒尘埃。唉，你啊，廖恩卡，廖恩卡……要是你识字的话……你一定前程远大。你将来会怎么样呢？"

爷爷把孩子的头搂在怀里，吻了一下。

"等一等……"廖恩卡把自己亚麻色的头发从爷爷那弯曲的颤抖着的手指中挣脱出来，颇为兴奋地喊道："你怎么说？尘土，城市和一切都是尘土？"

"这都是上帝安排好的，宝贝儿。一切都是尘土，土地本身就是尘土。一切都要死在土地上面……就是这样！所以人应当在劳动中、顺从中生话。瞧，我也快要死了……"爷爷忽然换了话题，阴郁地加上一句："那时候我不在了，你到哪儿去呢？"

廖恩卡经常听到爷爷的这句话，他已经厌恶谈论死亡了。他默默地转过头去，折下一根小草，把它放在嘴里，慢慢地咀嚼它。

然而，这正是爷爷心痛之处。

"你怎么不说话呢？你说说，我不在了你会怎么样？"他朝孙子弯下腰去，小声问道，于是又咳嗽起来。

"我已经说过了……"廖恩卡斜眼看了看爷爷，漫不经心地、不高兴地说。

大作家讲的小故事

廖恩卡之所以不喜欢这样的谈话，还因为每次这样的谈话总是以吵架结束。爷爷早就说自己快要死了。起初廖恩卡还是很注意爷爷说话的，还为爷爷这种新情况害怕过，哭泣过，但渐渐地便厌倦了，只顾想自己的事情，不爱听爷爷的话了。爷爷看出了这一点，便生气起来，抱怨廖恩卡不爱爷爷，不珍惜爷爷对他的关爱，最后还责怪廖恩卡，说廖恩卡盼望爷爷早点死去。

"你说过——什么呢？你还是个小傻瓜，你还不懂得你自己的生活，你生下来才几年？才不过十一年。你很瘦弱，不宜于干活，你到哪里去好呢？你以为好心人会帮你吗？如果你有钱的话，他们倒会帮你花掉——就是这样。至于想得到施舍，连我这个老头子也感到不是滋味，你得向每个人鞠躬，向每个人哀求。他们会骂你，有时候还会打你，驱赶你……难道你以为人家会把乞丐当人看待吗？没有这样的人！我当了十年的乞丐——我知道。人家把一块面包看得比一千卢布还重，他们施舍一点，就以为天堂的大门要为他们敞开了。他们为什么要多施舍一点呢？那是为了他们的良心能得到抚慰。朋友，就是因为这个缘故，而不是出于什么怜悯心！他们给了你一块面包，自己吃起来就不害臊了。富足的人——都是野兽，他们从不可怜饥饿的人。饱汉与饿汉彼此永远是敌人，永远把对方视为眼中钉。所以说，他们不可能相互怜悯和相互了解……"

爷爷由于愤恨和苦恼而心情激动起来，他的嘴唇发颤，那双衰老、浑浊的眼睛在睫毛和眼睑的红框框里，转动得很快，在阴郁的脸上皱纹显得更明显了。

廖恩卡不喜欢看见爷爷这种激动的样子，有点害怕了。

"所以我才问你，你活在世界上该怎么办？你是个柔弱的孩子，而世界却是一只野兽，它将把你一口吞下去，我可不想看到这样的结果。我爱你啊，好孩子！……我只有你一个，你也只有我一个……我怎么能死呢？我不能死了而留下你一个人……留给谁呢？……上帝啊！……你为什么不爱你的奴隶呢？活，我无法忍受，可死，我又不能，因为——有孩子，我必须保护他，我养育了他七年……靠我这双老手……上帝啊，帮帮我吧！……"

爷爷坐下来，把头埋在自己两只发抖的膝盖中间，哭起来了。

河水急促地流向远方，响亮地拍打着河岸，好像要用这种拍打声来掩盖老人的哭声。无云的天空露出明朗的笑容，一面抛洒出火一样的炎热，一面又平静地倾听着浑浊的浪涛发出狂暴的喧嚣声。

"够了，爷爷，别哭了。"廖恩卡眼睛看着旁边，语气严肃地说，然后把脸转向爷爷，补充说道："我们不是全都说过了吗？我不会完蛋的，我会到小饭馆去找工作……"

"人家会打你……"爷爷含着眼泪呻吟道。

"他们也许不会打我。怎么会打我呢！……"廖恩卡有点激奋地喊道："那又怎么样？我不会向每个人屈服的！……"

这时他不知为什么突然不做声了，沉默了一会儿才轻声地说：

"不然我就进修道院……"

"若是进修道院！"爷爷叹息道，活跃起来，但由于一阵使他透不过气来的咳嗽，他又把身子缩了起来。

这时在他们的头顶上响起了人们的叫喊声和车轮的轧轧声……

"渡——渡船！……渡——喂！"一个响亮的声音震动了空气。

他们一跃而起，拿起背包和拐杖。

沙滩上跑过来一辆双轮马车，发出轧轧的刺耳声。车上站着一个哥萨克，仰着脑袋，一顶毛茸茸的帽子垂在一只耳朵边，他张开嘴吸了一口气，准备大声喊叫，于是他那宽大的向前挺起的胸脯更突显了。他的黑胡子一直长到他那双充血的眼睛上，在黑胡子的丝

大作家讲的小故事

一般的边框上,白色的牙齿闪着亮光。他敞开衬衣,上衣随便地披在肩上,下面露出被太阳晒黑了的多毛的身体。他那结实高大的身躯,他那匹同样是高大得出奇的肥胖的花马和那些又高又厚实的大车轮胎——所有这一切都让你产生一种富足、力量和强健的感觉。

"喂!……喂!……"

爷爷和孙子都摘下了头上的帽子,深深地鞠一躬。

"你们好!"车上的来人声音洪亮地简单地回应道,并朝岸边望了望(黑色的渡船正从岸边的树丛中缓缓地笨拙地驶过来),然后便仔细地打量着这两个乞丐。

"从俄罗斯来的吗?"

"是从俄罗斯来的,恩人!"阿尔希普鞠了一躬,回答道。

"你们那里闹饥荒了,是吗?"

他从大车上跳下来,拉紧套在轭上的东西。

"连蟑螂都饿死了。"

"哈,哈!连蟑螂都饿死了。那就是说,一点儿都不剩了,全吃光了?你们真能吃,但是干活一定很差劲吧,因为要是你工作得好,是绝不会挨饿的。"

"施主,这里的主要原因是——土地。地里不长东西。我们已经把土地吸干了。"

"土地?"哥萨克摇摇头说:"土地总是要长东西的。把土地赐给人类,就是为了长东西的。你应该说,不是土地不行,而是手不行,是干得不好。若是一双好手,连石头也挡不住你,也要长出东西来。"

渡船靠近了。

两个健壮的哥萨克满脸通红地用两条粗腿踩在渡船的船板上,推着渡船靠岸,渡船发出吱嘎吱嘎的声音。他们摇晃着身子,把缆

绳从手里抛出去,彼此打量了一下,便喘起气来。

"很热吗?"车上那个人龇着牙齿问道,把自己的马牵上了渡船,并触摸了一下自己的帽子。

"嗨!"其中的一个船夫回应了一声,便把双手插进了马裤兜里,走到大车跟前,看了看大车,再拿鼻子闻了闻,用力地吸了一大口空气。

另一个船夫则在船板上坐下来,吭哧吭哧地在脱靴子。

爷爷和廖恩卡也上了渡船,靠在船舷上,打量着那几个哥萨克。

"喂,开船吧!"大车老板发出了号令。

"你没有带点好喝的东西吗?"刚才那个看了看大车的船夫问道,他的伙伴脱下靴子,正眯着眼睛在看靴筒。

"什么也没有。怎么?难道库班河的水还少吗?"

"水!……我不是说水。"

"那你是说伏特加酒啰?我没有带伏特加酒。"

"你怎么会没带呢?"问话的人眼睛看着船板,在想什么事。

"喂——喂,我们开船吧!"

哥萨克朝手心里吐口唾沫,便开始收缆绳。一个乘船的人也来给他帮忙。

"爷爷,你怎么不去帮帮忙?"那个一直摆弄着皮靴的船夫对阿尔希普说。

"哪里用得着我帮忙呢,亲爱的!"爷爷摇摇头,哑着嗓子说。

"而且他们也不需要帮忙,他们自己对付得了!"

这个船夫好像要爷爷相信他说的话是真的,便重重地跪下去,躺在渡船的甲板上。

大作家讲的小故事

他的同伴随意地骂了他一两句,看他没有回答,便靠着甲板,响亮地跺起脚来。

水流拍打着渡船的两侧,发出低沉的响声,抵御着水流的渡船震颤着、摇晃着,慢慢地往前移动。

廖恩卡望着河水,觉得自己的脑袋在旋转,但是很舒服,急速奔腾的波浪却弄得他眼睛疲惫不堪,困得都睁不开了。爷爷的喑哑的絮语,缆绳的轧轧声,波浪响亮的拍击声都在给他催眠,在昏昏欲睡的状态下,他想躺到甲板上去,可是突然有什么东西把他摇晃了一下,他跌倒了。

他睁大眼睛望着四周。那些哥萨克一面把渡船拴在岸边一棵烧焦了的木桩上,一面取笑他。

"怎么,睡着了?你身体太弱了,坐到马车上来吧,我把你带到镇子里去。还有你,爷爷,也坐上来吧。"

爷爷故意用沙哑的鼻音向哥萨克道了谢,哼哧哼哧地爬上了大车,廖恩卡也跳上了车。他们就在使爷爷咳嗽不止的一股股黑色微尘中开车走了。

哥萨克唱起歌来,唱得很奇怪,老是把音符中间截断,用口哨来结束歌曲,好像他们把声音当成一根线,从线球上放出来,一遇到打结,就把线掐断了。

车轮诉苦般地轧轧发响,尘土飞扬。爷爷摇着头,不停地咳嗽;廖恩卡则在想,他们马上就要到哥萨克镇了,并且将要用难听的鼻音在窗户下面吟唱:"主啊,耶稣基督……"镇上的孩子们又将取笑他,妇女们则拿关于俄罗斯的问话为难他。这时去看爷爷也不好,他咳得更厉害了,背弯得更低了,所以他自己也很不好受,很痛苦,而且他还用诉苦的声调说话,往往边哭边讲述一些从来都没有讲过的事情……他说,在俄罗斯,人死在大街上,就像这样躺着，也没人去收尸，因为所有的人都饿昏了……其实，他和爷爷在任何时候任何地方都没有看到过这样的事。不过，为了要人家多施舍一点，这些话却是需要的。可是，这些施舍给我们的东西有啥用呢？在我们老家，一普特面包总可以卖四十戈比，说不定还可以卖到半个卢布，可是在这儿却没有人买。所以后来我们只好把这一块块面包，有些还是很好吃的，从背包里拿出来扔到草原上去。

"你们打算就去乞讨吗？"哥萨克转过头来看着那两个蜷缩着的身影，问道。

"那自然得去，老兄！"阿尔希普叹口气回答说。

"站起来，爷爷，我指给你看我住的地方——你们可以到我那儿去过夜。"

爷爷试着想站起来，马上又倒了下去，腰撞在大车边上，喑哑地呻吟起来。

"哎呀，你老了！……"哥萨克怜悯地说了一声，"好吧，反正都一样，不用看了，到时候你们就到这里来过夜，你去找乔尔内，安德烈·乔尔内就是我。现在你们下车吧，再见！"

爷孙俩不知不觉地就来到了一小堆白杨和黑杨树的面前，树林后面露出了屋顶、篱笆，左边和右边——到处都是这种耸入云霄的树丛。它们的绿色叶子穿上了灰色尘土的外衣，树干又粗又直，而树皮则由于天气炎热而裂开了。

在这两个乞丐的正前方，两排篱笆中间，有一条小巷。他俩和已经走了很多路的人那样拖着步子，摇摇晃晃地朝这条小巷走去。

"喂，连尼亚①，我们怎样走呢？——一块儿走还是分开走？"爷爷问道。还没有等对方回答，又补充了一句："最好还是

---

① 廖恩卡的昵称。

大作家讲的小故事

一块儿走——人家给你太少,你还不会乞讨……"

"多了又有啥用?反正你也吃不完……"廖恩卡向四周看了看,心里不大高兴地答道。

"有啥用?你这个小怪物!……要是突然遇到有人想买呢?这时你就知道有啥用了!……人家会拿钱来买,而钱却是大事。你有了钱,就是我死了,你也不会完蛋。"

爷爷慈祥地笑了笑,伸手去摸了摸孙子的头。

"你知道我一路上攒了多少钱吗,啊?……"

"多少?"廖恩卡淡漠地问道。

"十一个半卢布!……瞧见没有?"

可是,这个数目及爷爷高兴的口气并没有对廖恩卡产生什么影响。

"哎呀,你啊,小孩儿,小孩儿!"爷爷叹口气说,"那我们就分开走吧!"

"分开走……"

"喂,要是有什么事,你就到教堂里来找我。"

"好的。"

爷爷左拐弯,走进一条小巷。廖恩卡则一直往前走,大概走了十步远,就听了爷爷的刺耳的声音:"善良的人们和好心的恩人!……"这种叫声就像一个人用手在没有调好音的古琴上乱摸一阵,从最粗直到最细的弦上发出来的声音。廖恩卡战栗了一下,于是加快了脚步。他经常是这样:一听见爷爷的乞讨声,就感到不舒服,而且有点儿郁闷,可是若是别人不给爷爷钱,他又会胆怯起来,担心爷爷会立刻号啕大哭。

爷爷的乞讨声的那种颤抖的可怜的调子在镇上死气沉沉的炎热的空气里像是迷了路一样,又传到了廖恩卡的耳朵里。四周像夜间

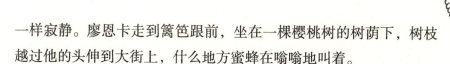

一样寂静。廖恩卡走到篱笆跟前，坐在一棵樱桃树的树荫下，树枝越过他的头伸到大街上，什么地方蜜蜂在嗡嗡地叫着。

廖恩卡放下肩上的背包，把脑袋搁在背包上。他透过脸上树枝的缝隙望着天空，便沉沉地睡着了。茂密的杂草和篱笆的格栅的影子掩盖着他，过路人看不见他。

他被一种奇怪的声音惊醒了，这种声音在因接近傍晚而变得新鲜的空气中飘忽着。离他不远的地方有人在哭。这是孩子的哭声——哭得很厉害，并且哭个不停，哭声逐渐地变成尖细的短调，突然又带着新的力量迸发了，而且越来越近地向他倾泻过来。他抬起头来，透过杂草，望了望人路。

一个七岁左右的女孩在大路上走着，穿得很干净，脸哭肿了，而且通红。她不停地拿白裙子的边去擦脸上的眼泪，走得很慢，而且打着赤脚，扬起大股尘灰。显然她不知道她要上哪里去，去做什么。她有一双乌黑的很大的眼睛，现在这眼睛却带有委屈、悲伤，充满了泪水。她那两只又小又薄的粉红色的耳朵，从披在她额头上、脸颊上和肩膀上的那一绺绺蓬松的栗色的头发下露了出来。

尽管她流着眼泪，廖恩卡仍觉得她很可笑——可笑而且快活……她一定是个很淘气的小女孩！……

"你干吗哭？"她走过他面前时，廖恩卡站起来问道。

她吃了一惊，站住了，并立即止了哭，不过还在轻轻地抽泣，等她看了他几秒钟后，她的嘴唇又颤动起来，脸也皱了，胸口抽动着，于是又放声大哭，走过去了。

廖恩卡觉得心头有什么东西压着，不由得也跟着她走过去。

"你别哭，你已经长大了——多难为情！"他还没有走到她的跟前就开始说了。当他赶上她时，他看着她的脸问她："喂，你干吗大声哭啊？"

大作家讲的小故事

"是——啊！……"她拖长声音说，"假如是你……"她突然用手捂住脸，坐在大路的尘土上，绝望地哭起来。

"咳！"廖恩卡轻蔑地挥了挥手，"女人……真是——女人！呸，你啊！……"

不过，这对于她或者他都没有什么作用。廖恩卡看见一滴又一滴眼泪从她那瘦小的、粉红色的手指中间流出来时，心里觉得很难过，自己也想哭起来。他向她俯下身去，小心地举起一只手，差点儿碰到了她的头发，但这时他突然又为自己的大胆害怕起来，连忙把手缩回来。她却什么话也不说，一直在哭。

"你听着！……"廖恩卡沉默了一会儿又说话了，觉得必须要帮助她，"你这是为什么？人家打你了，是不是？……都会过去的！……要不就是别的事情吧？你倒说话呀，小姑娘……啊？"

小姑娘悲伤地摇摇头，没有把手从脸上拿开，后来她耸耸肩膀，终于一边哭一边回答道：

"我的头巾……丢了！……是爸爸从市场上买回来的……浅蓝色，带花的，我戴着它——就丢了。"接着她又哭起来，哭得更厉害，更大声了。她一边哭，一边呻吟似的喊着一个古怪的字：

"噢——噢——噢！"

廖恩卡觉得自己帮不了她的忙，便胆怯地离开她一点，犹豫地郁闷地望着变暗了的天空。他感到很难过，很可怜这个小姑娘。

"别哭！……也许还能找到……"他小声地嘟哝道。不过他发现她并没有听从他的安慰，他就离开她更远了，他在想，她这样丢了东西，一定会受到父亲的责罚的，于是马上就想象起来：她的父亲，一个身材高大、全身黝黑的哥萨克正在打她，她泪水洗脸，由于害怕和疼痛而浑身发抖，躺倒在他的脚下……

他站起来走开了。可是走了五六步远，突然又转了回去，紧靠

着篱笆，站在她面前，竭力要想出一些亲切的善意的话来……

"小姑娘，你最好离开这条大路回家去吧！你就别哭了，回家去吧！把事情全部告诉你爸爸，就说，头巾丢了……有什么可伤心的呢？……"

他起初是用轻轻的、同情的声音对她讲，结束的时候，他则是慷慨激昂了。当他看到她从地上站起来时，自己心里也高兴了。

"这就好了！……"他微笑着，兴奋地继续说下去。

"你现在就回家去吧！要不要我陪你去把事情全部说出来？我保护你，别害怕。"

廖恩卡朝四周围望了一下，骄傲地耸耸肩膀。

"不要……"她小声说，慢慢地抖掉连衣裙上的尘土，一面还在抽泣。

"那我就走了？"廖恩卡像早有充分准备似的大声说，把帽子往耳朵上面挪了挪。

现在他站在她面前，两条腿宽宽地叉开，因此他身上的破烂衣服也好像勇敢地挺立起来。他坚定地用棍子敲击地面，固执地看着她，他那双忧郁的大眼睛也放射出自豪和勇敢的光芒。

小姑娘一边从小脸上擦去眼泪，一边斜眼看了看他，然后又叹口气说：

"不要，你不要去……妈妈不喜欢乞丐。"

于是她离开他走了，不过还回过头来看了两次。

廖恩卡感到心烦，他不由得用缓慢的动作改变了他那种坚决的挑衅性的姿势，又弯下了腰，平静下来，重新把背包甩到背上去，而在这之前，背包是一直挂在胳膊上的。他看见小姑娘走进了巷子的拐角，便在后面对她说了一声：

"再见！"

大作家讲的小故事

她边走边回头看他，接着就不见了。

临近傍晚，空气里有一种预告大雷雨即将来临的特殊的闷热。太阳已经降得很低，白杨树的树梢被染成了一层浅红色，而在那紧紧地包着树枝的傍晚的阴影里，这些高大挺拔的不动的白杨却显得更密更高了……树木上面的天也暗了下来，变得像天鹅绒一般，好像降得离地面更低了。远处的什么地方，有人在说话。在更远的地方，只是在另一个方向，有人在唱歌。这些声音都很小，但很深沉，而且也好像浸透了闷热。

廖恩卡感到更无聊了，甚至有点害怕起来，他很想到爷爷那儿去。他向四周看了看，便急匆匆地顺着巷子往前走去。他不乐意向人乞讨。他边走边觉得胸腔里的心跳得很快，很快，于是他也好像特别懒得走，懒得想事了……但是对小姑娘，他却没有忘记。他在想：她现在怎么样了？如果她是有钱人家的孩子，她会挨打的。有钱人全都是吝啬鬼。如果她是穷人家的孩子，那么她也许不会挨打……穷人更爱自己的孩子，因为要靠他们长大去打工挣钱。这些思想一个接一个地在他脑子里不断地出现，同时像影子一样伴随着他思想的那种令人难受的苦闷感觉也一分钟比一分钟地变得更加沉重，更加厉害地控制着他了。

傍晚的阴影变得更加浓重、更加令人透不过气来了。一些哥萨克的男人和女人迎面朝廖恩卡走来，他们一点也没有注意廖恩卡，就走过去了，他们对从俄罗斯来的逃荒者早已司空见惯了；他也懒洋洋地用他那种变得暗淡了的目光对这些肥胖、硕大的身影扫上一眼，便匆忙地朝教堂走去，教堂的十字架已经在他前面的树木后面闪光了。

归栏牲畜的喧闹声迎面向他飘过来。瞧，这就是教堂，矮矮的，宽宽的，有五个浅蓝色的圆顶；教堂的周围种着白杨树，树梢

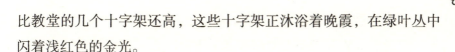

比教堂的几个十字架还高,这些十字架正沐浴着晚霞,在绿叶丛中闪着浅红色的金光。

瞧,爷爷从教堂的台阶上走来了,他被背包压得弯下了腰。他把手掌放在脑门上,向四面张望。

一个本镇的人跟在爷爷的身后,帽子低低地盖在额头上。他手里拿着一根木棍,正踏着沉重的大步走来。

"怎么,你的背包是空的?"爷爷走近孙子时问道。这时孙子正站在教堂围墙旁边等着爷爷。"可是你瞧,我有多少?……"他一面哼哼着,一面把塞得满满的麻布背包从肩上卸下来,放在地上。"嗨,这里的人施舍真慷慨!哈,真慷慨!……喂,你为什么这样板着脸呢?"

"我头痛……"廖恩卡小声地说,就在爷爷的身边坐下来。

"是吗?……你累了……吃不消了!……我们马上就找个地方过夜。那个哥萨克叫什么名字来着?啊?"

"安德烈·乔尔内。"

"我们这就去问问,说:安德烈·乔尔内在哪里?瞧,正好有一个人朝我们走来了……是啊……都是好人,丰衣足食!他们全都吃小麦面包。您好,好心人!"

哥萨克径直地走到他们跟前,不慌不忙地回应爷爷的问好:

"你们好!"

然后他把双腿宽宽地叉开站着,一对毫无表情的大眼睛盯在这两个乞丐的身上,默默地理着自己的头发。

廖恩卡好奇地望着他,爷爷则狐疑地眨巴着自己的老花眼。哥萨克还是沉默着,后来他伸出半截舌头去捕捉他的胡子尖。这一动作成功了:他把胡子卷进嘴里去,咀嚼了一下,又用舌头把胡子从嘴里推出来。最后他才打破令人难受的沉默,懒洋洋地说:

大作家讲的小故事

"好,我们到会所去吧!"

"为什么?"爷爷全身哆嗦了一下。

廖恩卡心里也震动了一下。

"可是应当去,有吩咐。走吧!"

他掉转身背对着他们就要走,可是回头一看,他们两人却一动不动,便又叫了一声,而且是生气地喊叫:

"你们还等什么!"

于是爷爷和廖恩卡连忙跟他走了。

廖恩卡目不转睛地看着爷爷,看见爷爷的嘴唇和脑袋一直在打战,看见爷爷惊慌地在东张西望,急急地在怀里摸什么东西,他知道爷爷又干了以前在塔曼干过的那种把戏。他想起塔曼的事,就害怕起来。当时爷爷在人家院子里偷了一件衬衣,他和爷爷一块儿被逮住了。嘲笑、辱骂,甚至挨了打,最后连夜被赶出了村子。他们只好在一个沙滩海峡的岸上过夜,大海整夜都在狂啸……沙滩被冲过来的海浪推来推去,发出吱吱嘎嘎的响声……爷爷整夜都在唉声叹气,小声向上帝祈祷,称自己是贼,求上帝饶恕。

"廖恩卡……"

廖恩卡的腰部被推了一下,不由得打了个寒战。他看了看爷爷,爷爷的脸拉长了,变得更干瘦、更阴沉了,而且一直在颤抖。

哥萨克走在前面有五六步远,抽着烟斗,用木棍敲击着牛蒡的头,没有回过头来看他们。

"来,拿去!扔在……野草里……记好扔的地方……以后好拿……"爷爷的声音轻得几乎听不见,他一边走,一边紧紧挨着孙子,把用布片卷成的一团东西塞到孙子的手里。

恐怖使廖恩卡浑身发冷,打了个寒战,躲闪了一下,走到杂草丛生的围墙旁边。他一边紧张地看着哥萨克解差的宽大的背脊,一边向旁边伸出一只手，打量了一下手里的东西，就把布卷扔到杂草里去了……

布卷落下去的时候展了开来，在廖恩卡的眼前现出了一块天蓝色的头巾，立即就被那个哭哭啼啼的小姑娘的面影盖住了，她鲜活地站在他面前，把哥萨克、爷爷和周围的一切都盖住了……她的哭声又清晰地在廖恩卡的耳朵里响起来，他仿佛又看到了那亮晶晶的泪珠落到地上……

他几乎就是在这种恍恍惚惚的状态中跟在爷爷后面，来到了会所。他听见一种暗哑的嗡嗡声，他不能够也不愿意去分辨这种声音，好像透过一层雾似的看见，一块块面包从爷爷的背包里倒在一张大桌子上，这些面包柔软地不大响亮地落下来，敲打着桌子……然后有许多戴高帽子的头朝这些面包俯下来，头和帽子都是愁眉不展的和灰暗的，它们透过那层罩着他们的雾摇来摇去，以恐怖相威胁……后来爷爷突然声音嘶哑地嘟哝了什么，就在两个强壮的青年手里像陀螺似的旋转起来……

"冤枉，诸位善男信女！……我无罪，上帝看见的！……"爷爷尖声喊叫着。

廖恩卡也哭了起来，倒在地板上。

这时，有人走到他跟前，把他抬起来，放在一条长板凳上，把裹在他弱小身体上的破衣裳全面搜查了一遍。

"达尼罗夫娜撒谎，这个鬼娘们！"有人大声说道，仿佛用他那低沉的发怒的声音在打廖恩卡的耳朵一样。

"也许他们把东西藏在什么地方了！"有人用更大的声音应和道。

廖恩卡觉得，好像这些声音都在敲击他的脑袋，他是如此害怕，以至于后来就失去了知觉，好像突然掉进了一个在他面前张开

大作家讲的小故事

大口的无底洞里一样。

当他清醒过来时,他的头正枕在爷爷的膝盖上。爷爷那可怜的、皱得比任何时候都厉害的脸俯在他的脸上。从爷爷那双害怕地眨巴着的眼睛里,流出小颗的浑浊的眼泪,泪珠落在廖恩卡的额头上,顺着脸颊滚到颈上,他觉得很痒……

"你好些了吗,亲孙儿?……我们离开这儿吧。我们走。那些该死的家伙把我们放了!"

廖恩卡站起来,他觉得脑袋里注满了什么很重的东西,又觉得好像脑袋就要从肩膀上掉下来了……他用两只手捧住脑袋,朝左右两边晃了晃,同时发出小声的呻吟。

"头还痛吗?我亲爱的小孙儿!……他们把你我两人折磨得好苦啊!……这些野兽!你瞧,他们的短剑丢了,还有一个小丫头丢了块头巾,哼,他们就加罪于我们!……啊,上帝啊!您干吗要惩罚我们呢?"

爷爷的尖利的声音在某种程度上伤害了廖恩卡,他感到心里燃烧着一团炽热的火花,迫使他避开爷爷。他离开爷爷远一点,并朝周围望了望……

他们坐在镇子路口一棵弯曲的黑杨树的浓荫下面。夜已经来临,月亮升起来了,它的乳银色的光照在平坦的草原的空旷上,好像使草原变得比在白天里更黑、更窄,并且更荒凉、更阴郁了。远处,在草原跟天相接的地方,升起了朵朵云彩,它们静静地在草原的上空游动,把月亮遮住了,在地上投下浓影,浓影紧紧贴在地上,慢吞吞地、若有所思地在地面上爬动,并突然地消失了,就好像它们穿过由灼热的日光造成的裂缝钻到地底下去了……

从镇上传来了人声,那里有些地方点燃了灯火,这些灯火好像在跟金光闪闪的星星交换眼色。

"我们走吧,亲爱的!……该走了。"爷爷说。

"再坐一会儿吧!……"廖恩卡小声说。

他喜欢大草原,他喜欢白天行走在草原上,看着前方,看着苍穹,依偎在草原的宽胸膛上……他想象着那儿有异常优美的大城市,住着他从未见过的好心人,不需要你去向他们乞讨面包,他们自己就会给你……可是当草原越来越宽广地在他面前展开时,却突然出现了一个他所熟悉的村镇,就房屋和人来说,这个村镇与他以前见过的村镇完全一样。这使他感到悲伤,而且因为受骗而感到愤慨。

现在他又若有所思地望着远方,乌云正从这里慢慢地爬上来。他觉得,这乌云就是从那个他非常想见到的城市的几千个烟囱里冒出来的烟……爷爷的干咳声打断了他的沉思。

廖恩卡注意地望着正在大口吸气的爷爷那张满是泪水的脸,这张脸在月光的映照下,布满了由破帽子、眉毛和胡子投到脸上的奇怪的影子,再配上一张痉挛地抽动着的嘴和睁得很大的、显露出一种暗喜的眼睛——显得又可怕又可怜,它让廖恩卡产生了一种全新的感觉,也使他跟爷爷更疏远了……

"好吧,我们就再坐一会儿吧,再坐一会儿!……"爷爷轻声地说,带着一种愚笨的微笑,在怀里掏了一阵子。

廖恩卡转过身来,又望着远方。

"廖恩卡!……你看!……"爷爷突然喊了一声,接着是一阵喘不过气来的咳嗽,使他全身蜷缩起来。他把一件长长的、发亮的东西递给孙子——"是银的!银子,知道吗!……值五十个卢布呢!"

他的双手和嘴唇都由于贪婪和疼痛而在打战,整张脸也被扭歪了。

大作家讲的小故事

廖恩卡战栗了一下,把他的手推开了。

"快藏起来!……咳,爷爷,藏起来!……"他小声地恳求说,连忙向四周环顾了一下。

"喂,你怎么啦,小傻瓜?你害怕啦,好孩子!……当时我从窗口望过去,它正好挂在那儿……我便一把抓住它,放在衣服下面……然后又藏在灌木丛里。我们走出镇子时,我假装着帽子掉了,便弯下腰去拾起来……他们都是傻瓜!……我还拿了一块头巾——瞧,它就在这儿……"

他用两只发颤的手从自己的破衣服下面掏出头巾来,并在廖恩卡面前抖了抖。

在廖恩卡的眼前雾幕揭开了,出现了这样一幅画面:他和爷爷尽可能快地沿着小镇的街道奔走,躲避着迎面而来的过路人的目光,慌慌张张地走着。廖恩卡觉得,每个人,只要愿意,都有权打他们两人,唾他们,骂他们……而周围的一切——围墙、房屋、树木都在一种奇怪的迷雾中摇晃,好像是被风吹动的一样……不知是谁发出了一种严厉的愤怒的声音……

这条艰难的道路长得没有尽头,从镇上出来直到田野的路被一大堆密密麻麻的摇摇晃晃的房子挡住了,看不见了。这些房子时而向他们挨近,好像要压死他们似的,时而又退到什么地方去了,却用其窗户的黑洞口当面嘲笑他们……

突然间,从一个窗口发出了响亮的喊声:"小偷!小偷!小偷!小贼!……"廖恩卡偷偷地朝旁边看了看,便在窗口上看到了那个刚才还看见她哭而且自己还想保护她的小姑娘……她碰到了他的目光,还朝他伸了伸舌头,她那双蓝色的眼睛凶狠而又尖锐地闪着亮光,像针一样刺痛了廖恩卡。

这幅画又在孩子的记忆里出现了,并且片刻就消失了,只给他留下一个愤恨的笑容,他把这个笑容投在爷爷的脸上。

爷爷老在说些什么,却常被咳嗽打断;他挥着手,摇着头,并拭擦脸上皱纹里的大滴泪珠。

一片沉重的、破碎的、毛茸茸的乌云遮住了月亮,廖恩卡几乎看不见爷爷的脸了……可是他却觉得那个哭泣的小女孩就在爷爷身边。廖恩卡把她的形象召唤到自己面前,在想象中拿他们两人进行比较:身体衰弱、说话吱吱哑哑、穿一身破烂衣服并且贪婪的爷爷在那个受过他的欺负、哭哭啼啼但身体健康、精神而且美丽的小姑娘旁边,却显得没有用了,而且几乎就像童话里的科谢伊①那样恶毒而又恶劣。这怎么可能呢?他干吗要欺负她呢?他又不是她的亲属……

可是爷爷还在吱吱哑哑地说话:

"要是积下一百卢布就好了!……那时,我就是死了也放心了……"

"喂!……"有什么东西突然在廖恩卡的心里爆发了,"你闭嘴!什么死了、死了的!……可是你并没有死……你偷东西!"廖恩卡痛苦地大叫一声,浑身发抖地跳起来。"你是个老贼!嗨!嗨!"他捏着他那小小的干枯的拳头,在忽然安静下来的爷爷的鼻子面前挥动着,又重重地一屁股坐在地上,继续高傲地说:"你偷小孩子的东西……啊哈,很好!……都已经老了,你却还是……为了这件事,你就是死了也得不到饶恕的!……"

突然整个草原都震动了一下,在一股蓝得耀眼的亮光的笼罩下,扩展开来……萦绕在草原上面的烟雾颤抖了一下,也立即消失了……打雷了,隆隆的响声在草原上空滚过来滚过去,震动了草

---

① 俄国童话中的一个人物,是个又丑又贪心的人。

大作家讲的小故事

原,也震动着天空,天空中现在正好有成团的黑色的乌云快速地飞过,把月光完全淹没了。

天变黑了。很远的什么地方,一道闪电默默地、却很吓人地亮了起来,一分钟之后又微微地响了一声雷……然后便开始了仿佛是没有尽头的静寂。

廖恩卡在画十字,爷爷也一动不动、一声不响地坐着,好像他跟背靠着的树长在一起了。

"爷爷……"廖恩卡小声喊道,在折磨人的恐惧中,等待着新的雷声,"我们到镇上去吧!"

天空又震颤了一下,又迸发出蓝色的火焰,把一个强有力的打击声投到地下,好像是几千张铁片相互撞击着落在地上一样。

"爷爷!……"廖恩卡大喊一声。

他的喊声被响雷的回声盖住了,听起来就像在敲击一个破了的小钟。

"你怎么样……害怕吗?……"爷爷用暗哑的声音说,身体没有动弹。

粗大的雨点落下来,神秘地发出嗖嗖的声音,好像在发出什么警告似的……远处的雨声已变成密集的大片响声,就像一把大刷子在干燥的土地上摩擦一样。而在这里,在爷爷和廖恩卡的旁边,每一滴水落到地上时都发出短促的断断续续的声音,而且没有回声就消逝了。雷声越来越近,空中的闪电也越来越密了。

"我不到镇上去!就让我这条老狗、小偷……淹死在这里的雨水里吧……让雷劈死吧……"爷爷气喘吁吁地说,"我不去!……你一个人去吧……瞧,镇子就在那边……你去吧!……我不愿意你坐在这儿……你走开!……去吧,去吧!……去吧!……"

爷爷已经喊得声音嘶哑,而且含糊不清了。

"爷爷！……饶恕我！……"廖恩卡靠近爷爷，哀求说。

"我不去……也不饶恕……我养育你七年了！……一切都是为了你……我活着……也是为了你。难道我需要什么吗？……要知道，我就要死了……就要死了……你却说我——是小偷……我当小偷是为了什么？还不是为了你……全是为了你啊……来，你拿去……拿去……带走吧……为了你以后的生活……为以后的一切，我攒钱，还做贼……上帝看见一切，上帝知道……我偷了东西……他知道……他要惩罚我。为了盗窃，他——他不会宽恕我这条老狗。他已经惩罚我了……上帝啊！您惩罚我了！是吗？惩罚了？……你借孩子的手把我杀死了！……对，上帝啊！……你做得正确！……你做得公平，上帝啊！……把我的灵魂收走吧……啊！……"

爷爷的声音提高到了刺耳的尖叫，把恐怖注入了廖恩卡的心中。

震撼着草原和天空的雷声如今鸣响得如此厉害，如此急促，好像每一个雷声都要告诉大地某种必须而又重要的东西。所有这些雷声一个赛过一个几乎一直不停地轰鸣。被闪电划破了的天空颤抖着，草原也在颤抖，时而有一道深蓝色的火光照亮整个草原，时而草原又陷入了冰冷、沉重、稠密的黑暗里，这黑暗却奇怪地把草原缩小了。有时候，闪电把远方照得通亮，而这个远方则急急忙忙地好像要躲开喧闹和吼声似的……

下起了倾盆大雨。雨点在闪电里像钢铁一样发出亮光，这亮光盖住了正在亲切地闪烁着的镇上的灯光。

恐惧、寒冷以及爷爷的叫声所引起的种种痛苦的负罪感使廖恩卡变呆了。他那双睁得大大的眼睛一直凝视着前方，甚至当一滴滴雨水从他那被打湿了的头上流进眼里时，也不敢眨一眨眼，仍然在

大作家讲的小故事

倾听着早已淹没在一片巨响的大海里的爷爷的声音。

廖恩卡感到爷爷仍一动不动地坐在那儿,但他又似乎觉得,爷爷应该会离开,到什么地方去,把他一个人留在这里。他不由得挨近爷爷一点,当他用胳膊肘碰一下爷爷时,却大吃一惊,意料到一件可怕的事情就要发生了……

爷爷在空中挥动着手,仍在嘟哝什么,但已筋疲力尽、气喘吁吁了。

廖恩卡看着爷爷的脸,吓得大叫一声……在闪电的蓝光的照耀下,这张脸就像死人的脸一样,而那双在脸上转动着的晦暗的眼睛却是疯狂的。

"爷爷!……我们走吧!……"廖恩卡用自己的头顶了一下爷爷的膝头,尖声叫道。

爷爷俯下身子,用他那双瘦得皮包骨的手抱住他,紧紧地压在怀里,压得很紧,忽然尖声叫起来,就像是掉进陷阱里的狼一样。

廖恩卡几乎被这种叫声弄得发疯了,他挣脱了爷爷的手,跳了起来,像箭一样朝前奔去,眼睛睁得大大的。闪电使他的眼睛看不清东西,他跌倒了又站起来,越来越远地跑进黑暗里去了。黑暗时而被蓝色的闪电赶走,时而又把那个吓得发疯的孩子紧紧包住。

雨声依然是那样冷漠、单调、郁闷,好像草原上除了雨声、闪电和刺耳的雷鸣外,从来就没有过别的什么东西。

第二天早晨,镇上的孩子们跑到镇子外面去,立即就返回来了,在镇上引起一阵惊慌。他们说,他们在一棵黑杨树下面看见了昨天那个乞丐,他一定是被人杀死了,因为在他身边还丢下一把短剑。

不过,当成年的哥萨克跑去看个究竟时,他们发现情况并非如此。那个老头还活着。当有人走近他时,他还想从地上站起来,但是已经站不起来了,他的舌头也麻木了,他只是用泪汪汪的眼睛向大家问什么话,他一直在人群中寻找什么,可是什么也没有找着,没有得到任何答复。

傍晚前他死了。人们把他埋在他们找到他的地方,就在那棵黑杨树下面。大家认为,不应该把他葬在乡村墓地里,因为第一,他是外乡人;第二,他是小偷;第三,他没有忏悔就死了。人们在他旁边的污泥里,还发现了一块头巾。

过了两三天,廖恩卡也被发现了。

在离镇子不远的一个草原峡谷的上空,一群乌鸦在盘旋,有人便到那边去看了看,于是就发现了这个小孩:他两手摊开,脸朝下,躺在雨后淤积在谷底的污泥上面。

起初人们决定把他埋在乡村公墓里,因为他还是个小孩,后来想一想,还是把他埋在了他爷爷的旁边,也是在那棵黑杨树下面。人们还为他筑了一个小土堆,并在上面立了一个粗制的石头十字架。①

赏析与品读

高尔基出身底层社会,对底层苦难有深刻的体会。这篇文章写的是一对流浪的祖孙乞丐,路过哥萨克人的小镇。孙子仍保持着基本的善良品质,对丢失头巾哭泣的女孩儿表示同情,但偷盗蓝头巾的居然是他的爷爷,此外爷爷还偷了一柄银饰的短剑。

他们虽然躲过了会所的审问,却在离开小镇,遭遇野外的大雨

---

① 本篇原译作"阿尔希普爷爷和廖恩卡",本书出版时作了修改。——编者注

大作家讲的小故事

时，表示了不同的选择趋向。孙子要回小镇，而爷爷却死活不肯，竭力证明他偷盗是为了孙子。孙子不想离开爷爷，爷爷也不想放开孙子，可是，爷爷最后在风雨中死亡前的叫声，吓坏了孙子，孙子跑掉了。最终，爷爷死了，孙子也陷在泥沼里，脸朝下死了。

　　小说展现了底层世界的人在最悲惨状况下的良心挣扎，也表现了同是底层劳动人民的哥萨克人的慷慨和同情心。

伊则吉尔老婆婆

● 带着问题读一读,你会收获更多 ●

1. 腊拉为什么将自己喜欢的姑娘杀死?
2. 伊则吉尔老婆婆的初恋对象是谁?

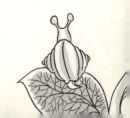

大作家讲的小故事

一

这些故事我是在阿克尔曼附近的别萨拉比亚海岸上听到的。

一天傍晚，我们的收葡萄的工作结束后，一群跟我一起干活的摩尔达维亚人便到海岸上去了，而我和伊则吉尔老婆婆却留了下来。我们躺在葡萄藤的浓荫地上，默默地目送着那些到海边去的人，他们的背影慢慢地消失在浅蓝色暮霭里。

他们边走边唱，有说有笑。男人们古铜色的脸上，留着柔软漂亮的胡子，稠密的卷发拖到肩膀上，他们穿着短大衣和宽大的灯笼裤。妇女和姑娘们则愉快、活泼，她们的眼睛是浅蓝色的，皮肤也是古铜色。她们的光滑柔软的黑发散开着，和暖的微风吹拂着它们，使那些系在头发上的铜币发出叮当响声。风吹得像一股宽大均匀的波浪，但有时又像越过某种看不见的障碍物，产生出一股强大的阵风，把女人们的头发吹得像一撮撮神奇的鬃毛，高高地竖在她们的头上。这给女人们平添了一种奇异的神话般的色彩。她们离我们越来越远了，而夜色和幻想却给她们披上了美丽的外衣，使她们显得越发美了。

有人在拉小提琴……一个姑娘用圆润的女低音在唱歌，还传来一阵阵笑声……

空气里充满了大海的带刺激性的气味和傍晚前不久被雨水浸透了的土地发出的令人发腻的泥土气息。现在天空中还飘浮着几片乌云，它们松软好看，形状和颜色都颇为奇怪，有的像一团烟，软绵绵的，呈瓦灰色和灰蓝色；有的突兀尖削，像断崖残壁，呈暗黑色或深棕色。在这些云彩中间是一片片深蓝色的天空，上面温存地闪烁着点点金星。所有的这一切——声音、气味、乌云和人——都显得非常美丽和忧郁，俨然就是一个奇妙的童话的开场白。而且一切

都似乎停止了生长，似乎都要死了。人们的嘈杂声慢慢远去，转变成为忧伤的叹息，并终于完全消失了。

"您为什么不跟他们去呢？"伊则吉尔老婆婆朝他们去的方向点点头，问道。

岁月使她半截身子佝偻了。她那双以前乌黑的眼睛如今也变得晦暗了，并且总是含着眼泪。她那干哑的嗓音听起来很奇怪，发出一种碎裂声，好像老婆婆是在用骰子说话似的。

"我不想去。"我回答她说。

"哦！你们俄罗斯人，生下来就是老头子，你们全都阴郁得像魔鬼一样。我们的姑娘都怕你……因为你年轻，而且身强力壮……"

月亮升起来了，月轮很大，呈血红色，就好像它是从这草原的地底下钻出来的。这个草原自存在以来吃了那么多的人肉，喝了那么多的人血，也许就是因为这个缘故，才变得如此肥沃和富饶吧。花边形的葡萄叶的影子投射在我们身上，像一张网似的把我和老婆婆都盖上了。大草原上，在我们的左边，游动着云彩的黑影，这些云影浸染着浅蓝色的月光，显得愈加明亮、透剔。

"瞧，腊拉过来了！"

我朝老婆婆用其弯曲的发颤的指头所指示的方向望去，只见一些影子在那里游动。影子很多，其中的一个比别的影子显得更浓、更黑，游动得也更快、更低，——它是从一块游得离地面更近更快的云彩的影子上落下来的。

"那边什么人也没有！"我说。

"你的眼睛比我这个老太婆的还要瞎。瞧，那边，一个黑色的东西正在草原上奔跑呢！"

我又看了一下，除了影子，还是什么也没看见。

大作家讲的小故事

"这是一个影子！你干吗要把它叫做腊拉呢？"

"因为这就是——他。他现在已经成了一个影子，——他就是一个影子！他已经活了几千年，太阳晒干了他的身子、血和骨头，风又把这些东西化为粉末。瞧，上帝为了这个人的高傲竟怎样惩罚他啊！……"

"你就给我讲一讲这是怎么一回事吧！"我对老婆婆央求道，已感觉到将有一个非常好的关于草原的神话故事了。

于是她给我讲了这个故事。

"这是发生在好几千年以前的事了。在离海很远的那边，在太阳升起的地方，有一个大河的国家，在这个国家里，每一片树叶、每一根草都能投下足够遮蔽一个人的太阳的影子，因为那里的太阳是酷热的。

"可见这个国家的土地是多么富饶！

"那里住着一群强悍部族的人，他们放牧，并把他们的力量和勇气用在打猎方面，打猎完了便大摆宴席庆祝，大家唱歌，并与姑娘们玩耍作乐。

"有一天，在举行宴会时，一只鹰从天而降，把一位像夜一样温柔的黑头发姑娘抓走了。男人们用箭射鹰，可是不中用，这些箭都落回到了地上，于是大家便去寻找那位姑娘，可是始终找不到她。人们逐渐地忘记了她，就像忘记世上的一切事情一样。"

老婆婆叹了一口气，不说话了。她那吱吱作响的嗓音，好像是所有已变成了胸中回忆的影子的那些被忘却了的年代发出的诉怨。大海轻轻地在为这个古老的传说的开场白伴奏。这些传说可能就是在这海岸上创造出来的。

"但是二十年之后她却自己回来了，变得又憔悴又瘦弱。她带回来一个青年，强壮、漂亮，就像二十年前的她本人一样。人们问她这些年都在什么地方,她说是鹰把她带到山里去了,她跟他住在一起,做他的妻子。这个青年就是他的儿子,而父亲已经去世了。父亲眼看自己已年老体弱,便最后一次高高地飞上天空,收起翅膀,让自己重重地摔在尖凸的岩石上,撞死了……

"大家都惊奇地看着鹰的儿子。他们看到,他一点儿也不比他们好,只不过他的眼睛是冷漠的、高傲的,就跟鸟王一样。人们跟他说话,他乐意就回答,不然就一声不吭。部族的长辈们来找他,他也像平辈人那样跟他们说话。这使长辈们很不高兴。长辈们说他是一支没有装上羽毛、箭头尚未削尖的箭,并告诉他,成千上万像他这样年纪的人以及比他年长一倍的人都十分尊重他们、服从他们。而他却大胆地望着他们,回答说,他是世界上独一无二的人。啊!……这个时候他们真的非常生气了。他们气愤地说:

"'我们这里没有他的地方!让他愿意上哪儿就上哪儿去吧。'

"他笑了笑就走了,到他想要去的地方——那个凝神地望着他的漂亮的姑娘身边去了。他走到她的跟前,拥抱她。她就是刚才责备他的那位长辈的女儿。因此他虽然漂亮,她却把他推开了,因为她怕父亲。她推开了他,走到一边去,而他却打她。她跌倒在地上时,他又用脚去踩她的胸脯,结果血从她的嘴里喷上天空。姑娘喘了一口气,像蛇一样扭动了一下,便死了。

"看见这种情况大家都吓呆了。他们头一次眼睁睁地看着一个女人被杀死。许久大家都没有说话。他们时而望着这个瞪着眼睛、满口是血、躺在那儿的少女,时而望着独自站在她身边、面对着大家的那位青年。青年高傲地昂着头,好像要他们惩罚他似的。后来大家清醒过来了,捉住了他,把他捆了起来,放在那里,因为他们觉得立即处死他太简单了,不能解他们的恨。"

大作家讲的小故事

　　天黑了，越来越黑，充满了种种奇异的、微弱的声音。草原上处处是黄鼠悲凉的鸣叫声，蝈蝈在葡萄叶下发出呆板的颤音。树叶在叹息，在窃窃私语。一轮圆月，先是血红色，逐渐变白，离开了地面，越来越白，越来越浓地把浅蓝色的早雾洒落在草原上……

　　"他们聚集在一起，要琢磨出一个足以叫他偿罪的刑罚。有些人要把他四马分尸，但这对他好像还不够；有些人想用箭把他射死，但这一方案也被否决了；有人提议把他烧死，可是篝火的烟会使人们看不见他的惨状。建议很多，就是找不出一个很好的让大家都满意的办法。他的母亲默默地跪在大家面前，她找不到话语也挤不出眼泪来求大家宽恕她的儿子。大家谈论了很久，有一位贤人想了良久后终于说道：

　　"'让我们问问他为什么要这样做？'

　　"他们问了他。他说：

　　"'你们给我把绳子松开！绑着我，我是不会说的。'

　　"他们松开了他。他却反问道：

　　"'你们要什么？'他这样问，就好像他们都是他的奴隶似的……

　　"'你已经听到了……'贤人答道。

　　"'干吗要我向你们说明我的行为呢？'

　　"'为了让我们了解你。你，高傲的人，听着！反正你是要死了……就让我们了解你所做的事情。我们还要继续生活，多知道一点对我们有好处……'

　　"'好吧，我告诉你们，尽管可能连我自己大概也不大明白眼前所发生的事。我杀死她，是因为我觉得她推开了我……而我却需要她。'

　　"'可是，她并不是你的人呀！'大家对他说。

"'难道你们就只使用你们自己的东西吗？我以为，每个人拥有的只是语言和自己的手脚……可是却又占有牲口、女人、土地……以及许多其他东西……'

"大家对他说，人所得到的一切东西，都是要付出代价——自己的智慧和力气，有时甚至生命——去换取的。而他却回答说，他要保存一个完整的自己，什么也不能分给别人。

"他们同他谈了很久，后来大家终于看出来了，他认为自己是天下第一人，除了他自己，任何东西都不放在眼里。当人们明白了他必定要遭受到何等的孤独命运时，大家都甚至感到可怕。他没有部族，没有母亲，没有牲畜，没有女人，而且他也不要这一切。

"当人们知道了这一点后，重又讨论了如何惩罚他的问题。不过，这次他们谈的时间不长。那位贤人听了大家的意见后便说：

"'等一等！惩罚的办法有了。这是一种很可怕的惩罚，你们就是一千年也想不出这种办法来！这惩罚就是：让他自己惩罚自己！放了他，让他自由。就这样惩罚他！'

"就在这个时候发生了一件奇怪的事：空中忽然一声霹雳，而天上却并没有阴云。这一神力印证了贤人的话。大家都躬身行礼并散开了。而这个青年（他现在得到了'腊拉'这个名字，意思是被抛弃、被驱逐了）却对这些抛弃他的人放声大笑，他独自一个人在笑，像他父亲一样自由。不过他父亲并不是人……而他却是一个人。瞧，他现在也开始过鸟一样自由的生活了。他常常到部族里来，把牲口、姑娘和一切他想要的东西掠夺而去。人们用箭射他，但是箭头刺不进他的身体，因为他的身体覆盖着一层看不见的最高惩罚的外皮。他机灵、凶猛、强壮、残酷，而且从不跟人正面相遇。人们只能在远处看见他。他长久地孤身一人在人们附近打转，已转了很久——不止十个年头了。有那么一次，他走近了人们。当

大作家讲的小故事

人们向他冲过来时,他却呆然不动,一点自卫的表示也没有。人群中有个人猜透了他的心思,便高声喊道:

"'别动他,他想死!'

"于是大家都站住了。他们都不希望减轻这个对他们作恶多端的人的厄运。他们站在那里,嘲笑他。他听到这种笑声,全身颤抖,双手乱抓自己的胸口,在胸口上寻找什么东西。忽然他拿起石块,向人群冲过去。但是他们躲开了他的攻击,并不反击他。等他弄得精疲力竭,发出一声痛苦的喊叫而倒在地上时,人们便闪在一边观望着他,于是他站起来,拾起那把刚才争斗时某人丢下的刀,朝自己的胸口扎去,可是刀却像扎在石头上一样,折断了。他又倒在地上,用脑袋撞地,撞了许久,但是地也对他退让,被他脑袋撞过的地方都成了坑。

"'他要死不能!'人们高兴地说。

"接着大家丢开他走了。他脸朝天躺着,看见一群雄鹰像黑点似的在高空翱翔。他眼睛里流露出如此多的苦恼,多得足以毒死全世界的人。从那时起他就成了孤独的自由人,一直在等待着死。就这样,他不停在游荡,四处飘来飘去……你瞧,他已经成了影子,而且永远是一个影子!他既不懂人的话,也不懂人的行为,什么也不懂。他一直在寻找,一直游来荡去……既不能生,也不能死。在人们中间没有他的地方……这就是一个高傲的人所陷入的可怕的处境!"

老婆婆叹了一口气,沉默了。她的脑袋耷拉在胸前,奇怪地摇晃了几下。

我瞅了她一眼。我觉得,老婆婆就要睡着了。不知为什么,我感到她很可怜。故事的结尾她是用庄重的警告的声音讲的,但是这种语气中仍有一种畏惧的奴性的音调。

海岸上有人在唱歌——唱得很怪,开始时是女低音,唱了两三个音节,然后传来另一个声音,又从头开始唱这支歌,而第一个声音却仍在前头领唱……接着是第三个、第四个、第五个声音按同样的顺序从头唱起来。突然一组男声合唱又把这支歌从头唱起来。

听起来每个女人的声音都是单独的。所有这些声音就像一股多彩的溪流从上面什么地方倾泻而下,经过梯形的斜坡,跳跃着,发出清脆的声音,流进那个正往上涌的深沉的男声的波涛里,隐没在其中,又从里面冒出来,把波涛压下去,然后重又一个接一个地盘旋上升,清澈、有力,高高地扬起来。

在歌声的覆盖下,海涛的喧嚣声再也听不见了。

二

"你在别的什么地方听见过这样的歌唱吗?"老婆婆抬起头来,咧开她那没有牙齿的嘴,微笑着问道。

"没有听见过,从来没有听过……"

"你是听不到的。我们喜欢唱歌。只有美人才能唱好——即热爱生活的美人。我们热爱生活。你瞧,难道那些唱歌的人劳动了一天不累吗?他们从日出到日落都在工作,可月亮升起来时,他们又唱起歌来了!那些不会生活的人都睡觉去了,而那些喜爱生活的人则在唱歌。"

"可是健康……"我刚开始说。

"我们生活得足够健康。健康!难道你有钱不花掉它吗?健康也像金子一样宝贵。你知道我年轻时干过些什么吗?我从早到晚都织地毯,几乎没有起过身。我当时活泼得像阳光一样,可是却要像石头那样不动地坐着,常常坐得我全身骨头都要碎裂了。但是一到晚上,我便跑到相爱的人那儿,跟他接吻。我就这样一连跑了三个

大作家讲的小故事

月,那时我们正在谈恋爱。那段时间我每晚都在他那儿。瞧,我一直活到现在——仍旧精力充沛!我爱过多少啊!接受过多少的吻,又给了人家多少的吻啊!……"

我瞅了瞅她的脸。她那双黑眼睛依然是晦暗的,并没有因回忆而变得有光彩。月光照亮了她那干枯而破裂的嘴唇,她那长着银白色细毛的尖下巴和像猫头鹰的嘴一样弯曲的有皱纹的鼻子。她脸颊上有两个黑洞,其中一个洞里还有一绺灰白色的头发,那是从她头上扎着的一块红布下面掉下来的。脸上、脖子上和手上的皮肤都布满了皱纹。我担心,只要伊则吉尔老婆婆动一动,那干枯的皮肤就有可能完全裂开,成为碎片,那么,在我面前的就只是一副赤裸裸的骷髅和一双晦暗无光的黑眼睛了。

她又用她那沙哑的声音开始讲故事了。

"我和母亲就住在贝尔拉特河岸上的法尔米附近。他到我们庄子里来时,我才十五岁。他个子很高,很机灵,留着黑胡子,是一个快活人。他坐在船上大声地朝我们窗口喊道:'喂,你们有酒吗……有给我吃的东西吗?'我透过白蜡树的树枝朝窗外望去,看见整条河在月色下都变成了浅蓝色。他穿着白衬衣,腰上系一条宽腰带(带子的两头垂落在腰间)站在那儿,一只脚踩在船上,另一只脚在岸上,摇摇晃晃地在唱什么歌。他看见了我,便说:'瞧,一个多漂亮的美人住在这儿啊!……而我却不知道!'好像除了我之外,所有的人他都知道似的。我给了他酒和煮熟了的猪肉……而四天之后我把自己也完全给了他了……我经常和他一起在夜里划船。他像小黄鼠一样小声吹着口哨过来了,我则像条鱼似的从窗口跳进河里,然后我们就划着船走了……他是普鲁特河的渔夫。后来我母亲什么都知道了,揍了我一顿。他老是劝我跟他一起到多布罗加去,到更远的多瑙河的支流去。可是那时我已经不喜欢他了,因为他只会唱歌和接吻，别的什么也不会干！我已经厌烦了。这时有一帮古楚尔人流散到这一带地方，这里也有他们的情人……现在这些女人可是开心了。当时有个女人就在等候自己的喀尔巴阡的小伙子。她在想，也许他已经坐牢或在什么地方被打死了，也许他一个人或带着几个伙伴像从天上掉下来似的突然找她来了，他会带很多礼物来，因为他要弄到这些东西是很容易的！他常在她家里举办宴会，在伙伴们面前夸奖她。这使她很高兴。我有一个女友，她也有一个古楚尔的情人。我请求她让我见见这些人……她叫什么名字，我现在忘记了……如今我一切都记不住了！她给我介绍了一个小伙子，他很漂亮……火红色的头发，胡子和卷发全都是红的，火一般的脑袋。他是一个忧闷的人，有时候很温柔，有时候却像野兽一样狂吼，并且打人。有一回他打了我一个耳光……我则像猫一样扑到他的胸前，并用牙齿咬了他的脸……从此他脸上就有了个酒窝，而他也喜欢让我吻他这个酒窝……"

"那么那个渔夫哪儿去了呢？"我问道。

"渔夫？他……在这儿……他跟一伙古楚尔人混在一起了。他最初老是劝我、威胁我，说要把我扔到河里去，随后也就没有什么了。他混在那伙人那里，并且找到了另外一个女人……他们——渔夫和那个古楚尔人后来一起被绞死了。我去看了他们的绞刑。那是在多布罗加。渔夫上刑时脸色苍白，并且哭了，那个古楚尔人却从容地抽着烟斗，边走边抽，两手插在衣兜里，一撇胡子挂在肩膀上，另一撇胡子垂在胸前。他看见我，便摘下烟斗，喊了一声：'再见！……'我为他整整难过了一年。唉！……这件事发生的时候，他们正打算回喀尔巴阡自己老家去。当时他们到一个罗马尼亚人家去道别，就在那儿他们被抓去了。只抓了他们两人，有些人被打死了，其余的人逃走了……不过后来他们还是让这个罗马尼亚人

偿还了血债：他们烧掉了他的庄子、磨坊和全部粮食。他成了穷光蛋。”

"这是你干的吧？"我冒失地问道。

"古楚尔人有许多朋友，不单是我一个人……凡是他的好朋友，都会追悼他们……"

海岸上的歌声已经沉寂了，现在只有海浪的喧嚣声在为老婆婆伴奏。那既沉寂又喧闹的响声正是这个纷扰不安的生活故事的最好的伴音。夜变得越来越柔和了，蔚蓝色的月光把它照得越来越亮，看不见的小动物忙碌生活的含糊不清的声音则变得越来越小，被逐渐变大的波涛的响声盖住了……因为风更大了。

"其实我还爱过一个土耳其人。我在斯库塔里他的内院里住过，整整住了一个星期——还不错。但后来也感到厌烦了……全都是女人，女人……他有八个女人……一天到晚就是吃、睡、说些蠢话……要不就是骂人，唠唠叨叨，像一群母鸡……这个土耳其人已经不年轻了，他的头发差不多全白了，但他有权势，很富有，说起话来，像个大主教……他有一双黑眼睛，直勾勾的，穿透你的灵魂。他很喜欢祈祷。我是在布加勒斯特见到他的……他当时像个沙皇，逛市场时，摆出一副傲慢的样子。我对他笑了笑。当晚我就在街上被抓去，送到他那里。他是贩卖檀香和棕榈的，到布加勒斯特来办货。'你到我那里去吗？'他说。'噢，是的，我去！'我答道。'好！'于是我就去了。这个土耳其人很有钱。他已经有了一个儿子——一个黑黑的小男孩，很机灵……他已经十六岁。我跟他一块儿离开了那个土耳其人……逃到保加利亚，逃到罗姆·帕兰加……在那里，一个保加利亚女人朝我胸口砍了一刀，是为了她的未婚夫还是丈夫——我已记不清楚了。

"我在修道院里养了很长时间的病。这是一所女修道院，由一个波兰姑娘看护我……她有一个兄弟，也是修士……经常从另一个修道院（记得它就在阿尔采尔—帕兰加附近）来看她。他像蛆一样，老是在我跟前扭来扭去……后来我恢复了健康，就跟他一起走了……到他的波兰去了。"

"等一等！……那个土耳其小家伙哪儿去了呢？"

"那个小男孩吗？小男孩死了。不知是因为想家还是为了爱情……他一天天枯萎了，就像一棵还没有长结实的树，受到过多阳光的照射……就这样枯萎了……我记得，他躺着，全身透明，发紫，就像一块冰。可是他心里却仍旧燃烧着爱情……老要求我弯下身去吻他……我爱他，而且还记得吻了他许多次……后来他完全不行了——几乎不能走动了。他躺着，还像乞丐那样苦苦求我躺在他身边，暖和他的身体，我躺下来，刚躺在他的身边……他便浑身发烧。有一天，我醒来时，他已经冷了……死了……我为他哭了一场。谁知道呢？也许正是我害死了他。那时我的年纪比他大一倍，而且我又是那样身强体壮，精力充沛……而他是什么呢？一个小孩子！……"

她叹了一口气，同时我第一次看见她在胸前画了三个十字，干瘪的嘴唇小声地念叨着什么。

"于是，你就到波兰去了……"我提示她说。

"是的……我就跟那个小波兰人走了……他是一个又可笑又卑劣的人。他需要女人的时候，就像猫一样对我表示亲热，甜言蜜语，而等他不要我时，就用鞭子一样的话来抽打我。有一天，我们走在河岸上，他对我说了一些傲慢无礼的话。啊！啊！……我生气了，火冒三丈！我抓住他，把他像小孩一样举了起来（他本来就个子小），使劲掐住他的腰，弄得他整个脸都发青了。我就这样转了一下，把他从岸上扔进了河里。他大叫大嚷，非常可笑。我在岸上

大作家讲的小故事

看着，他在水里手抓脚蹬地挣扎。随后我就走了，此后再没有见过他。我从来没有碰见过我以前爱过的人，这是我的幸运。反正这种相遇不是好事，就像碰见死人一样。"

老婆婆停了下来，叹了口气。我在回味着她刚才所讲的那几个人。这一个是火红头发、留着胡子的古楚尔人，他正从容地抽着烟斗走向死亡，想必他有一双冷冷的蓝眼睛，这双眼睛坚定地集中地注视着一切人和事，在他身边是那个来自普鲁特河的黑胡子渔夫，他哭哭啼啼，不愿意死，他的脸由于临死前的痛苦而变得苍白了，快活的眼睛也暗淡无光了，被眼泪浸湿了的胡子悲哀地耷拉在扭歪了的嘴角上；那一个是他，上了年纪的傲慢的土耳其人，他大概是位宿命论者和专横的暴君，站在旁边的是他的儿子，一朵苍白、脆弱的东方之花，他被过多的接吻毒死了；而那位徒有虚名的波兰人，则风流而又残忍，善辩而又冷漠……所有这些人——都不过是苍白的影子罢了，而这个被他们吻过的女人却坐在我的身边，她活着，但岁月使她憔悴了，已没有肉，没有血，心里没了欲望，眼里没了亮光，——她差不多也是一个影子了。

她继续往下讲：

"我在波兰的生活变得困难了。那里的人冷漠而又虚伪，我不懂他们那种蛇的语言，全都发出咝咝声……他们咝咝些什么呢？这是因为他们虚伪，上帝才叫他们说这种蛇的语言。当时我四处漂泊，不知去向。我看见他们集合起来要反抗你们俄罗斯人。后来我来到波赫尼城，一个犹太人把我买了去，他不是为自己买我，而是拿我去出卖。我同意他这样做。一个人要生活，总得会干点什么事，可我什么也不会，所以就把自己卖了。不过当时我就想过，如果我能弄到一些钱，回到自己的老家贝尔拉特去的话，那么不管我身上的锁链如何坚固，我都要扯断它。于是我就在那儿住下来。有钱的老爷们都来光顾我，并在我这儿大摆宴饮，他们为此花了很多钱。他们为了我常常打架斗殴，弄得倾家荡产。其中有个人对我勾缠了很长时间。你瞧他是怎么做的：他到我这儿来了，后面跟着一个背着大口袋的仆人。老爷拿起袋子，在我头顶上把东西倾倒出来，金币敲打着我的脑袋，我虽然很喜欢听这些金币落地的声音，可我还是把这位老爷赶走了。他有一张又肿又胖的脸，肚子则像一个大枕头，看起来活像一头喂饱了的猪。是的，他被我赶走了，尽管他对我说过，他为了在我身上抖落这些金子，变卖了他所有的土地、房屋和马匹。我当时正爱着一个脸上有疤痕的体面的老爷，他的整个脸都被划上了许多交叉的刀痕，这是他不久前替希腊人跟土耳其作战时，被土耳其人用马刀砍的。他就是这么一个人！……他既然是波兰人，希腊人又与他何关呢？而他却跟希腊人一起去反对土耳其人。他被砍伤了，打掉了一只眼睛，左手的两个手指也被砍断了……他既然是波兰人，希腊人与他何关呢？原来是这么一回事：他喜欢英雄义举。一个人喜欢英雄义举时，总会干出这种事来的，而且会找到能够完成这种事的地方。你知道吗？生活中总会有让人完成英雄义举的地方，而那些找不到这种地方的人，他们干脆就是懒汉或胆小鬼，要不就是他们不懂得生活，因为每一个懂得生活的人，都想死后在生活里留下自己的影子。这样生活才不会把人不留一点痕迹地吞没了……啊，这个带伤疤的人是个好人！为了做某种事他甘愿走遍天涯海角。想必他是在暴动中被你们的人打死了。你们为啥要去打杀马扎尔人①呢？得啦，你不用说啦！……"

　　伊则吉尔老婆婆不让我说话，同时她自己也停了下来，沉思起来。

---

① 匈牙利人称自己是马扎尔人。

大作家讲的小故事

"我也认得一个马扎尔人。有一回（那是在冬天），他离开我走了，直到春天融雪的时候，人们才在田野里找到了他。他的脑袋被子弹射穿了。原来是这样！你知道吗？被爱情杀死的人不少于被瘟疫杀死的，如果你计算一下，你就会相信了。我刚才说什么来着？关于波兰……是的，在那儿我玩了我生活中的最后一次游戏。我遇见一位波兰的小贵族……鬼东西，长得真帅。可我已经老了，唉，老了！我当时有四十岁了吧？想必有四十岁了……而他却还年轻，而且骄傲，他给我们女人惯坏了。是的，我为他费了不少周折。他想把我立即弄到手，但我没有就范，我从来都不是奴隶，没做过任何人的奴隶。当时我跟那个犹太人已完事了，我给了他很多钱……我已经住在克拉科夫了。那个时候我什么东西都有：马、金子、仆役……他，这个骄傲的魔鬼找我来了。他老是想我自己投进他的怀抱。我跟他吵架……我记得，我甚至为这事弄得自己憔悴不堪。这样折腾了很久……我不让步，他终于跪下来求我……可是他把我弄到手后，又立即把我扔了。这时候，我才明白我老了……哎呀，这可使我真难过！真是难过啊！……要知道，我爱他，爱这个鬼东西……而他呢，见到我便笑我……他是个卑劣的家伙。而且我知道，他还在别人面前嘲笑我。告诉你吧，我当时难受极了！他就住在这里，离我很近，我仍旧很欣赏他。当他要去与你们俄罗斯人作战时，我真是很难过。我也曾想改变自己，但没有办法……我决定去找他，他就住在华沙附近的森林里。

"可是当我到了那里之后，才知道，他们被你们打败了……他在离村子不远的地方被逮住了。

"我想：'这意味着，我再也见不到他了！'可是，我还是想见到他。于是我就想尽办法去看他……我装扮成乞丐，瘸着腿，把脸也包扎起来，到他所在的那个村子里去。那里到处是哥萨克人和士兵……我费了很大劲才走到那里。我打听到了关押波兰人的地方，也知道要进到那里是很困难的，但我还是得去。于是我就在夜里爬到他们那个地方去，我沿着菜园正在田畦中间爬着，却发现一个哨兵站在那里，拦住了我的路……可我已经听见了波兰人在唱歌和高声说话。他们唱的是同一首歌——圣母之歌……我的那个阿尔卡德克也在那里唱。我想到，从前是他们爬在我的脚下，如今却轮到我像蛇一样爬着去找一个人，而且有可能是爬去送命，心里感到非常难受。那个哨兵已经发现了我，正弓着身子走过来。我怎么办呢？我站了起来，迎着他走去。我身上没有带刀子，什么也没有带，赤手空拳，我后悔没有带把刀子。我对自己说：'莫急！'可是那个兵已把刺刀对准我的喉咙了。我低声地说：'等一等，别刺我，你若是有心肝的话，就听我说！我不能给你什么东西，可是我求你……'他放下武器也低声地对我说：'走开，你这个女人！走开吧！你想干什么？'我告诉他，我的儿子被关在这儿……'你知道吗，老总？——是儿子！要知道，你也是某人的儿子，对吗？那么你看看我，——我也有一个像你一样的儿子，他就被关在那儿！就让我去见见他吧，也许他快要死了……也许，明天你也会被打死……那么你母亲会为你哭泣吗？要知道，你要是不见到她，不见到你母亲就死去，你不是会很难过吗？我的儿子也会很难过的。你就可怜可怜你自己，也可怜可怜他以及我——一个母亲吧！……'

　　"唉，我对他说了多久啊！天下着雨，把我的衣服都淋湿了。刮起了风，并且在怒吼，时而吹打着我的脊背，时而吹打着我的胸口，我摇摇晃晃站在这个石头般的士兵面前……而他却总是说：'不行！'每次当我听到他这个冷冰冰的词时，在我心中就激发起更强烈的要看到这个阿尔卡德克的愿望……我说着并打量着这个士兵：他身材矮小，干瘦，而且一直在咳嗽。我倒在他面前的地上，

大作家讲的小故事

抱住他的双膝，一边不断地用热情的话劝他，一边把他推倒在地上。他跌倒在泥泞地里。这时我很快地把他翻转身去脸朝地，把他的头按在水洼里，不让他喊出声来。他没有喊叫，只是拼命挣扎，竭力要把我从他的背上弄开。我则用双手使劲地把他的脑袋深深地按在水洼里，于是他就憋死了……这时我便朝波兰人唱歌的那个仓库奔去。'阿尔卡德克！……'我朝墙缝里低声喊道。他们，这些波兰人很机灵，听到我的声音，并没有停止唱歌！现在他的眼睛正看着我。我对他说：'你能从这里出来吗？'他说：'可以，可从地板下面穿过去！''那就出来吧！'我说。于是他们四个人——我的阿尔卡德克和另外三个人——便从仓库下面爬了出来。'哨兵在哪儿？'阿尔卡德克问道。'在那边躺着呢！……'于是他们便悄悄地，弯着腰贴着地面走出来。下着雨，风刮得很响，我们走出了村子，并在森林里默默地走了很久，走得很快。阿尔卡德克拉着我的手，他的手很烫并且在打战。啊！……当他默默地跟我走在一起时多好呀！这是最后的几分钟——是我那贪婪一生中最美好的时刻。但是我们走到草地上就停住了。他们四个人都表示感谢我。哎呀，他们对我说了那么久、那么多的话，而我却一直听着看着我那位先生。他会对我做些什么动作呢？他搂着我，郑重其事地说……不过我已记不清楚他对我说些什么了，大概是说，为了感谢我把他搭救出来，他现在爱我了……他在我面前跪下，微笑着对我说：'我的女王！'瞧，他是多么虚伪的一条狗啊！……嗨，当时我就踢了他一脚，而且是朝他的脸上踢的，不过他躲闪过去，跳了起来。他站在我面前，脸色苍白，样子可怕……那三个人也站着，全都板着脸，大家都没有说话。我看着他们……我记得，当时我只感到心里很烦闷，全身变得软绵绵的……我对他们说：'你们走吧！'而他们，这些狗东西却问我：'你要返回去告诉他们我们的去向吗？'瞧，他们多么卑劣！他们终于走了。随后我也走了……第二天我就被你们的人抓住了，不过很快又把我放了。那时候我才开始明白，到了给自己筑个窝的时候了，不该再像布谷鸟那样生活下去了！我开始变得行动迟缓，翅膀无力，羽毛也没有光泽了……到时候了，到时候了！于是我就到加里西亚去了，又从加里西亚到了多布罗加。我在这里已住了将近三十年了。我有过丈夫，他是摩尔达维亚人，去年去世了。而我却活着！一个人活着……不，不是一个人，你看，我和他们在一起。"

老婆婆向大海挥了挥手。那儿却是一片静寂，偶尔传来一个短促的虚幻的声音，却又立即消逝了。

"他们都爱我。我给他们讲了许多各种各样的故事。他们很喜欢听。他们都还是年轻人……跟他们在一起，我也觉得很好。我看着他们就在想：'瞧，我曾经也是这个样子……只是我们那个时候的人精力更盛，热情更高，所以生活得更愉快更好……真的！……'"

她不说话了。我坐在她旁边觉得有点愁闷。她那摇晃着的脑袋打起盹来了，并小声地嘟哝着……可能是在祈祷。

一团乌云从海上升腾起来，又黑又浓，形状险峻，像山脊一样，向草原游过去。它的顶端有几片云彩正在离散，急急向前飘动，把一颗又一颗星星熄灭了。海在喧嚣。在离我们不远的葡萄藤里，有人在接吻、小声说话和叹气。离草原很远的地方有狗的吠声……空气中有一种奇怪的气味刺激人的神经，使人鼻孔发痒。从云层投下许多浓密的影子在地上爬动，爬动，然后消失了，一会儿又现出来……在有月亮的地方只留下一块浑浊的乳白色的斑点，有时候连这个地方也被一块瓦灰色的云完全遮住了。草原的远方如今显得又黑又可怕，好像里面躲避和隐藏着什么东西，闪现出几点浅

大作家讲的小故事

蓝色的小火花，时而在这里时而在那里，闪一下，立即又熄灭了，好像有几个人分散在草原上，彼此相隔很远，在寻找什么东西，他们刚擦亮火柴，又被风吹灭了。这是一种非常奇怪的浅蓝色的火舌，暗示出一种神话的意味。

"你看见那火星了吗？"伊则吉尔问我。

"你是说那些浅蓝色的东西吗？"我指着草原对她说。

"浅蓝色的？是的……就是它们……这么说，它们还在飞！嗯，嗯……我已再也看不见它们了。如今我有很多东西都看不见了。"

"这些火星是从哪里来的呢？"我向老婆婆问道。

我以前听见过一些有关这些火星的来历，但我想听听伊则吉尔对此有什么说法。

"这些火星来自丹柯的燃烧的心。从前世界上有这么一颗心，有一天它突然发出火光了……这些火星就是从这里来的。我现在就给你讲讲这个故事……这也是一个古老的神话……古老的，完全是古老的！你知道吗，古时候有过多少这样的东西啊！……可如今，这样的东西——不论是重大事件啦，人物啦，古老的神话啦，一件都没有了……为什么呢？……嘿，你说吧！你是说不出来的……你知道什么呢？你们这些年轻人知道些什么呢？哎呀！……要是你们能好好地了解一下古代，那么你们就能找到过去所有的谜底。……可是你们没有去了解，因此你们也就不善于生活……难道我看不见生活吗？啊唷，我全都知道，虽然我的眼睛不好！我知道，人们并不是在生活，而总是在算计，算计来，算计去，一辈子就这样过去了。而当他们发现自己一事无成，白活了一辈子的时候，他们就为自己的命运哭泣了。这跟命运又有何相干呢？每个人都掌握着自己的命运！如今各种各样的人我都见过，就是没见到强人！他们在哪儿呢……美男子也越来越少了。"

老婆婆沉思起来，她在想，那些强人、美男子都到哪儿去了呢？她一边想，一边凝视着黑暗的草原，好像要在草原中找到答案似的。

我默默地等着她讲故事。我生怕，要是我向她提出什么问题，她又把话题岔开了。

于是她开始讲下面这个故事。

三

"从前地球上有这么一族人，他们住在三面都不可穿越的密林里，而第四面则是大草原。这是一些快活、强壮、勇敢的人。可是一个困难的时刻来临了：不知从什么地方来了另一些种族，把原先这一族人赶进了森林的深处。那儿到处都是沼泽，并且一片漆黑，因为这是一片很古老的森林，树木密密实实地缠绕在一起，遮住了天空，太阳的光线很难穿透它们照射到沼地上来，而如果太阳光的光线照到沼泽水面上的话，则会升起一股臭气，人们就会被它一个一个地毒死。这时部族的妇女们孩子们正痛苦哭泣，父亲们也在伤心，静默沉思。他们必须走出这片森林，而且只有两条路可走：一条路是后退，可是那儿有强大而可怕的敌人；另一条路是朝前走，可是那儿有许多巨人般的大树挡着去路，大树的强有力的树枝紧紧地拥抱在一起，那些有结节的树根则深深地扎在沼地的黏土里。这些石头般的大树白天无声地、不动地在灰暗中站立着，晚上篝火点燃起来的时候，它们在周围把人们挤迫得更严实了。不论是白天还是晚上，在人们的周围总有一个牢固的黑暗的圈子，好像要把他们压死似的，而他们原本却是过惯了草原自由生活的人。更可怕的是，风吹打着树梢，整个森林发出沉闷的响声，好像是在吓唬他们，像是在为他们唱送葬曲。他们到底是一些强人。他们能够跟那

大作家讲的小故事

些曾经战胜过他们的人决一死战,但他们不能在战斗中死去,因为他们还有未完成的宿愿,如果他们战死了,那么他们的宿愿也就落空了。所以他们在漫漫的长夜里,在森林的低沉的喧嚣下,在沼泽地的有毒的臭气中坐着,思索着。他们坐着,篝火的影子在他们周围跳起无声的舞蹈。大家都觉得,这不是影子在跳舞,而是森林和沼地的凶恶的精灵在庆祝胜利……人们仍旧坐着、思索着。然而不论什么事情——不论是工作还是女人,都没有像愁思那样使人身心枯竭。人们被这些愁思弄得软弱无力了……他们中有人产生了害怕,恐惧捆住了他们强有力的手。恐惧是因妇女而产生的,她们在哭被臭气毒死的人的尸体,哭那些被恐惧控制了的活人的命运。这样就产生了恐怖。林子里开始听得见胆小的话了,起初是胆怯的、小声的,后来便越来越响亮了……他们想跑到敌人那边去,把自己的自由献给敌人。他们被死神吓坏了,已经没有一个人害怕过奴隶生活了……然而正是在这时出现了丹柯。他一个人拯救了大家。"

　　显然,老婆婆经常地在讲丹柯的燃烧的心的故事。她讲得有声有色,她那沙哑的和深沉的嗓音在我面前鲜明地描绘出了森林的响声,在森林中那些不幸的、精疲力竭的人们被沼地毒气害得快要死了……

　　"丹柯——就是他们中的一个,他年轻、漂亮,而漂亮的人总是勇敢的。他对他的伙伴们这样说:

　　"'你们不能用思索搬开路上的石头。什么事也不做的人是得不到什么结果的。我们为什么要把力气花在思索和悲伤上呢?你们起来吧,我们到林子里去,穿过它,要知道,它总会有尽头的——世界上的一切都是有尽头的!走吧,喂!嗨!……'

　　"大家都看着他,并看出来,他是所有人中最好的一个,因为在他的眼睛里闪现出许多力量和活跃的亮光。

大作家讲的小故事

……那你就带领我们走吧！'他们对他说。

"于是他就领着他们走了……"

老婆婆沉默了片刻，望了望草原，那里变得越来越黑了。从丹柯燃烧的心里喷发出来的小火星在遥远的什么地方闪着亮光，好像是一些瞬间闪现的虚无缥缈的蓝花。

"丹柯带领着他们。大家都相信他——友好地跟着他走。这是一条艰难的路！周围一片漆黑。他们每走一步都看见泥沼张开其贪婪的龌龊的大口，要把人吞下去，而那些树木则像一面坚固的墙挡住他们的去路。树枝互相缠绕在一起，树根像蛇一样伸向四面八方。人们每走一步都要付出许多汗水和鲜血。他们走了很久……树林变得越来越密，而他们的气力却越来越小了！于是人们开始抱怨起丹柯来，说他太年轻，没有经验，徒劳无益，不会把他们领出去的。可是他还是在他们前面走着，精神饱满，泰然自若。

"但是有一回，森林上空突然雷鸣电闪，树木发出低沉的嗡嗡响声，让人感到害怕。这时森林里变得如此之黑，好像把世界上自有黑夜之来的全部黑暗都集中在这里了。渺小的人们在巨大的树林中间，在吓人的雷电交加的响声里走着。他们往前走，那些摇摆不定的巨人般的大树发出轧轧的响声，并唱起了愤怒的歌曲，闪电则在森林的上空飞窜着，用它那寒冷的青光把森林照亮一下，立即又消逝了，来去同样迅速，好像它是来吓唬人们似的。被闪电的寒光照亮的树木好像活起来了，在那些正从黑暗的禁锢里逃出来的人们的周围，伸出其长满疙瘩的长手，结成一张密密的网，试图把人们拦住，并且好像有一种可怕的、黑暗而又寒冷的东西从树枝的黑暗中监视着这些走路的人。这是一条艰难的路，人们已经筋疲力尽，开始泄气了。但他们又羞于承认自己的软弱，所以便把怨恨发泄在正走在他们前面的丹柯的身上。他们抱怨他不能很好地带领他们。

瞧，他们就是这样！

"他们又累又气，在森林的洋洋得意的喧响下，在震颤的黑暗中停住了，并开始审问起丹柯来。

"'你，'他们说，'对我们是个无足轻重的人和有害的人！你领着我们，把我们弄得筋疲力尽，为此，你真该死！'

"'是你们说：领导吧！我才领导你们的！'丹柯挺起胸膛大声说道。'我有领导的勇气，所以我来领导你们！可你们呢？你们在自救方面又做了什么呢？你们只是走，却不会保存力气走更长的路！你们只是走啊，走，像一群绵羊那样！'

"但是这些话使他们更生气了。

'你该死！你该死！'他们大声叫道。

"森林依旧发出嗡嗡的响声，响应着他们的叫嚷。电光把黑暗撕成了碎片。丹柯望着这些人——正是为了他们，他才受尽了艰辛。而他们现在却像野兽一样对待他。许多人把他围住，可在他们的脸上没有一点高尚的东西，他不能期望从他们中得到宽恕。于是他心中也产生了怒气，但由于他怜悯他们，这种怒气又熄灭了。他热爱人们，并且想到，如果没有他，他们就可能死去。于是他的心里又燃起了拯救他们的希望之火，要把他们领到一条容易走的路上去。这时他的眼睛里亮起一股强烈的火的光芒……可是大家看见之后，以为他在生气，因为生气，他的眼睛才燃烧得这么光亮。因此他们警戒起来，像一群狼似的等待着他来攻击他们。他们把他包围得更紧了，为的是能更容易地捉住他，把他弄死。可是丹柯也明白了他们的心思，因此他的心燃烧得更厉害了，因为他们的这种心思使他产生了苦恼。

"森林依然在唱着其阴郁之歌，依然是雷声隆隆，依然下着大雨……

大作家讲的小故事

"'我还能为这些人做些什么呢！？'丹柯的吼声比雷声更大。

"突然，他用双手撕开了自己的胸膛，从里面掏出自己的心，把它高高地举在头上。

"他的心燃烧得跟太阳一样亮，而且比太阳更亮。被这种伟大的人类之爱的火炬照得通亮的整个森林静了下来，黑暗也躲开亮光逃跑了，逃进了森林的深处，颤抖着跌落在沼泽的污秽的大嘴里。人们全被吓呆了，变得像石头一样。

"'我们走吧！'丹柯叫道，带头向前奔去，他高高地举着燃烧的心，给人们照亮道路。

"大家都着了魔似的跟着他冲上去。这时森林又发出了响声，惊讶地摇晃着树梢，不过它的响声被奔跑的人们的脚步声盖住了。大家都勇敢地跑着，并且跑得很快，他们都被燃烧的心的神奇景象吸引住了。现在也还有人死亡，但死得没有抱怨，没有眼泪。丹柯一直走在前面，他的心一直在燃烧，燃烧！

"森林忽然在他们面前分开了，让出一条路，等人们走过之后，它才重新合拢起来，仍旧又密又静。丹柯和所有的人顿时沉浸在被雨水洗干净了的阳光和新鲜空气的海洋里。雷声已经退走，退到人们的后面，退到村子的上空去了，这儿太阳放出了灿烂的光辉，草原起伏着，像是在呼吸，青草带着一颗颗钻石般的水珠在闪亮，河水泛着金光……黄昏到了，河面上映出的落日的霞光，显得鲜红，像丹柯从撕开的胸膛里淌出来的热血的颜色。

"骄傲的勇士丹柯望着自己面前一片辽阔的草原，用欢快的目光看着这自由的土地，骄傲地笑起来。随后他倒了下去——死了。

"充满希望的快活的人们却没有注意到他的死，也没有看见丹柯的勇敢的心在他的尸体旁边仍在燃烧。只有一位细心的人注意到了这一点，他有点害怕，便用脚踩了一下这颗骄傲的心……于是这颗心便分裂成了许多火星而熄灭了……

大作家讲的小故事

"那些在雷雨之前出现在草原上的浅蓝色的火星就是这样来的！"

现在老婆婆讲完了她的美丽的神话，草原上变得可怕地静寂，好像草原也因勇士丹柯的力量而感到吃惊。丹柯为了人们燃烧了自己的心而死去，却没有向人们要一点报酬。老婆婆打起瞌睡来了。我瞧着她在想：在她的记忆里还留着多少神话故事和回忆啊？我也想到丹柯那颗伟大的燃烧的心，想到创造这些美丽而又有力的传说的人类的幻想。

刮起了一阵风，把这位熟睡了的伊则吉尔老婆婆身上的破衣裳掀了起来，露出了她那干瘪的胸脯。我把她那老年的身体盖上，自己也在她身边的地上躺下来。草原上又黑又静，天空中仍然缓慢地、寂寞地游动着乌云……大海发出低沉而悲愁的喧嚣。

赏析与品读

这篇文章分为三部分。第一部分是讲那个高傲孤独的"腊拉"，传说中鹰的儿子，他孤独到连自杀都得不到天助。第二部分讲伊则吉尔婆婆自己，从一个姑娘，向男人献出第一次，到和各种男人的交往甚至去波兰度过的纸醉金迷的妓女生涯。不能说她的爱情是不认真的，她爱上一个波兰人，在他被俘的时候冒充母亲去营救他。第三部分，她讲了丹柯的故事。英雄丹柯引领密林中绝望的民族走出恶劣的境地，但人们在精疲力竭时指责他，他撕开了自己的胸膛，举着燃烧的心，引领前进，森林让开了一条路，他们到了美丽的草原，丹柯破碎的心，溅成了草原上星星点点的蓝色火星儿。

这三个部分描述的都是自由而充满风险的无依靠生活，高尔基在作品里讴歌了自由，和向往自由的精神。

契尔卡什

● 带着问题读一读,你会收获更多 ●

1. 契尔卡什是怎样的一个人?请谈一谈你对此人的看法。
2. 加夫里拉最后是否拿到了足够的钱去买地、造房、娶妻?

大作家讲的小故事

蔚蓝色的南国的天空，由于尘土弥漫而变得浑浊不明了。炎热的太阳好似透过一层薄薄的灰色面纱，望着绿色的大海。太阳在水面上几乎没有反应，因为水面被船桨和轮船的螺旋桨的拨击、被那些在狭小的港湾里四面八方横冲直撞的土耳其帆船及其他轮船的尖头龙骨搅得混乱不堪了。被围困在花岗石堤岸里的海浪，受到在浪脊上驶过去的巨轮的挤压，撞击着船舷，撞击着海岸，不断地撞击着，抱怨着，泛起泡沫，被各种各样的垃圾弄得极其肮脏了。

锚链的叮当声，运货车辆的挂钩声，从什么地方落到马路石板上的铁片的金属声，木材的沉闷声，运货马车的辘辘声，时而尖细时而低沉的轮船的汽笛声，搬运工人们、水手们和税警们的叫喊声——所有这一切声音汇合成了震耳欲聋的劳动日的音乐，慌乱而且飘忽不定，低低地滞留在港湾的上空，地面上则不断有许多新的声浪升起，加入到这种音乐里来。这些音响时而是喑哑的、低沉的，严酷地震撼着周围的一切；时而是剧烈的、雷鸣般的，撕破充满灰尘的炎热的空气。

花岗石、钢铁、树木、港湾的马路、轮船和人们——全都流露出一种热情赞美墨丘利①的强有力的声音，可是这里勉强地可以听到的人的声音是非常微弱的、可笑的，而且最先发出这种响声的人本身也是可笑而又可怜的：那些满身灰尘、衣衫褴褛、行动敏捷、被背负的沉重货物压弯了腰的身影，在铺天盖地的灰尘里，在酷暑与噪声的海洋里忙忙碌碌地来回奔跑着，跟他们周围的铁制的庞然大物、堆积如山的货场、隆隆作响的货车以及他们所创造的一切东西比较起来，他们显得很渺小。他们创造的东西反而奴役着他们，使他们失去了人的自主性。

---

① 墨丘利是古罗马神话中的商业神，商人和旅客的保护神。

几艘笨重的巨轮正升火待发，开始鸣笛，发出嗞嗞声，并深深地吁气。在它们发出的每一种声音里，都使人感觉到有一种蔑视这些满身尘土的灰色人形的讽刺的音调。他们在甲板上爬着，用自己的劳动成果去填满极深的货舱。可笑得令人流泪的是，搬运工人排成长长的队列，用自己的肩膀把几千普特的粮食扛进轮船的铁的肚子里，为的是要挣几磅同样的粮食来填饱自己的肚子。一方面是衣衫褴褛，满身汗水，被劳累、噪声及酷暑折磨得浑浑噩噩的人们，另一方面是这些人创造出来的强大的在阳光下闪闪发光的庞然大物——机器。这些机器，归根结蒂不是由蒸汽，而是由它们的创造者的筋肉和血来推动的——这一对照是一首完整的残酷的讽刺诗。

　　噪声使人沮丧，尘土刺人鼻孔、扎人眼睛，酷热灼人身体，使人筋疲力尽，周围的一切好像都很紧张，失去了忍耐力，一场巨大的灾难就要迸发，就要爆炸了！在这之后，在爆炸后的新鲜空气中才可以自由地轻松地呼吸，大地上才会降临安宁，这些震耳欲聋、令人生气、使人苦闷得发狂的噪声才会消失。到那时，城市里，海面上，天空中才又会变得宁静、明亮、可爱……

　　钟楼里响起了十二次有节奏的、响亮的钟声，最后一响钟声静默后，粗野的劳动音乐也响得轻一些了，过了一会儿，它已变成喑哑的、不满的嘟哝声。现在，人们的说话声和大海的拍溅声都听得更清楚了。这是到了吃午饭的时间了。

——

　　搬运工人下班后，成群地、吵吵嚷嚷地分散在港湾上，他们在女商贩那里买了各种食品，就在马路上阴凉的角落里坐下来吃午饭。这时格利什卡·契尔卡什出现了，这是一头饱经风霜的老狼，港湾上的人对他都非常熟悉。他是一个嗜酒成癖的酒鬼，狡猾而又

大作家讲的小故事

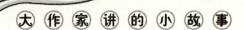

大胆的贼。他光着脚，穿一条破旧的棉布裤子，不戴帽子，上身是一件肮脏的印花布衬衣，领子已经破了，露出他那干瘦的、有棱角的、由棕色的皮肤包着的骨头。从他的乱蓬蓬的有点斑白的黑发和被压皱了的尖削而凶猛的脸可以看出，他刚刚睡醒。在他的一边栗色唇髭中露出一根干草，在剃过的左脸颊上的胡子茬里也夹着另一根干草，耳朵后面则掖着一根刚折下来的椴树枝。他身材很高，骨瘦如柴，有点儿驼背，慢悠悠地在石板路上跨着步，抖动着其凶猛的鹰钩鼻子，用尖锐的目光巡视着自己的周围，那双冷冷的灰色的眼睛闪着亮光，在搬运工人中间寻找着什么人；他的栗色的唇髭又浓又长，背着的双手相互摩擦着，神经质地旋动着弯曲有力的长手指。甚至在这里，在几百个像他这样刺眼的流浪汉中间，由于他的外形很像草原上的鹞鹰，由于他凶猛而干瘦，由于他瞄准对象的步态是外表平静而内心亢奋，以及他那像猛禽飞翔时的机警——他立即就引起了人们的注意。

当他走近一群散坐在大堆煤筐阴影下的搬运工和流浪汉时，有一个矮壮的小伙子起来迎接他。这个小伙子长着一张蠢笨的脸，脸上布满紫红色的斑点，颈部也有伤痕，大概是不久前被打伤的。他站起来，与契尔卡什并排走着，小声地说：

"水兵发现两捆布被盗了……正在寻找呢。"

"是吗？"契尔卡什平静地打量他一眼，问道。

"什么'是吗'？说是他们在寻找，别的没有什么。"

"是否有人问起我，要我帮忙去找呢？"

契尔卡什笑着向那边的志愿船队①的仓库望了望。

"见鬼去吧！"

---

① 当时的私人船队。

伙伴转身往后走了。

"喂,等一等!是谁把你打扮成这样?看你的脸都弄成什么样了……在这里你没有见到米什卡吗?"

"很久没有看见了!"他高声应了一句,便朝自己的伙伴走去了。

契尔卡什往前走着,大家都把他当老相识看待。不过,一向很快活、很尖刻的他,今天显然情绪不好,对大家提的问题爱答不答,而且很不客气。

从一堆货物后面的什么地方突然走过来一个穿绿色衣服的海关看守,灰尘满面,威武挺直。他挡住契尔卡什的去路,在他面前摆出一副挑衅性的架势,左手握着短剑的剑把,试图用右手抓住契尔卡什的衣领。

"站住,你到哪里去?"

契尔卡什倒退了一步,抬起眼睛看着看守。并笑了笑。

看守那红润、温和而又狡猾的脸试图做出一种威严的神色,因此脸绷得又圆又红,眉毛在抖动,眼睛睁得大大的,样子十分可笑。

"跟你说过了,不许你在港湾走动,不然就打断你的肋骨!你怎么又来了?"看守严厉地喊道。

"你好,谢苗内奇!我们好久没有见面了。"契尔卡什镇定地向他问好,并向他伸出了手。

"最好是永远不看见你!你走,你走!……"

不过,谢苗内奇还是握了他伸过来的手。

"你告诉我,"契尔卡什没有让谢苗内奇的手从自己有力的手里抽出去,而是朋友似的亲热地摇着它,继续说,"你看见米什卡了吗?"

大作家讲的小故事

"什么米什卡?什么米什卡我也不知道!老弟,你就快走吧,否则让仓库管理员看见了,他会……"

"就是那个红头发的,上次我们在'柯斯特罗马'号船上一起干过活的那个人。"契尔卡什坚持要打听。

"就是你跟他一起偷东西的那个人吧,你就该这样说!你的米什卡已被送进医院了,他的腿被生铁块砸伤了。老弟,你走吧,现在我还客气地请你走,否则我就揪住你的脖子了!……"

"呵哈,瞧你!你说你不知道米什卡……原来你是知道的。你干吗要生气呢,谢苗内奇?……"

"听着,你就别跟我磨牙了,走吧!……"

看守生气了,他环顾四周,试图把自己的手从契尔卡什的有力的手中抽出来。契尔卡什则镇定地从自己的浓眉下望着他,不放开他的手,继续说话:

"你别催我,我现在就要跟你谈个够才走。喂,你告诉我,你生活得怎么样?……老婆、孩子都健康吗?"接着他两眼放光,龇牙咧嘴,带着嘲弄的目光补充说:"我一直想到你家去做客,可总是没有时间——我老是喝酒……"

"喂,喂,你别来这一套!你这个瘦鬼,就别开玩笑啦!我,老弟,其实……难道你打算沿街挨户去抢劫吗?……"

"为什么?这里的东西就够我和你享用一辈子了,真的够了,谢苗内奇!你,似乎又偷了两捆布?……当心,谢苗内奇,小心点,可别让人抓住了……"

谢苗内奇被气得浑身发抖,唾沫四溅,想要说点什么。契尔卡什放开了他的手,泰然自若地迈着长腿向后朝港湾的大门走去。看守跟在他后面,发狂似的骂他。契尔卡什心情愉快,轻轻地、高傲地吹着口哨,双手插在裤兜里,慢悠悠地走着,向左右投去种种带刺的笑声和笑话。人家也同样地回敬他。

"瞧你，格利什卡，首长把你保护得多好啊！"一群吃完午饭正躺在地上休息的搬运工人中间有一位工人高声喊道。

"我光着脚。所以谢苗内奇跟着我，他是怕我的脚扎破了。"契尔卡什回答说。

他们走到大门口。两个士兵搜了契尔卡什的身，便轻轻地把他推到街上去。

契尔卡什穿过大路，在一家酒店对门的小石墩上坐下来。从港湾的大门轰隆隆地驶出一长串装满了货物的大车，对面则有几辆空车开过来，车上的搬运工人被颠得跳动不停。港口不断地喷出哀号似的轰隆声和刺鼻的灰尘……

这种疯狂混乱的环境契尔卡什倒觉得非常舒适。一笔可观的收入正在前面向他微笑，只需花少量的劳动，但需要很多的机智。他深信他有足够的机智，因此他眯缝着眼睛，冥想着明天早晨当他口袋里有了钞票时，如何地玩耍一番……他想起了朋友米什卡——此人今天晚上倒是很用得着的，如果他的腿没有折断的话。当他想到，没有米什卡，他一个人恐怕干不成此事时，不禁暗自骂了起来。今晚的天气会怎么样呢？……他打量了一下天空，又顺着街道望了望。

离他五六步远的地方，在马路的人行道旁边，坐着一个年轻小伙子，背靠在石墩子上，他身穿一件蓝色粗花布衬衣和同样布料的裤子，脚上穿着树皮鞋，头上戴一顶棕红色的破帽子。他的身边放着一个小背囊和一把无柄的镰刀，镰刀上缠着一根用麦秸和编织得很好的绳子搭在一起的草辫子。这个小伙子肩膀很宽，身材不高却很结实，淡褐色的头发，一张因风吹日晒而变得粗糙的脸和一双蓝色的大眼睛。他信任而温和地望着契尔卡什。

大作家讲的小故事

契尔卡什龇着牙，伸出舌头，做出一副可怕的鬼脸，眼睛瞪得圆圆的，直盯着他。

小伙子起初困惑莫解地眨了眨眼睛，然后突然哈哈大笑起来，边笑边小声喊道："啊哈，你真是个怪人！"接着，他几乎没有站起来，就笨拙地把屁股从自己的石墩子上移到契尔卡什的石墩子上，连带着尘土把自己的背囊也拖了过来，镰刀背碰着石头发出了响声。

"怎么样，老兄，逛了逛，看来，你喝了不少！……"他向契尔卡什打招呼，并拉了拉他的裤子。

"是的，小家伙，是这么回事！"契尔卡什笑了笑，承认地答道。他立即就看中了这个健康、和善、长着一双孩子般明亮眼睛的小伙子，"你刚割草回来吧，是吗？"

"可不是！……割了一里地的草，只得到几文钱。这事糟透了！人真多啊！闹饥荒的人涌了过来——工钱就被压低了，你爱干不干！在库班干一天才六十戈比。这还算不错的啦！可听说，过去是三个卢布、五个卢布哩！……"

"过去！……过去只要看一眼俄罗斯人，就会付你三个卢布。十年前我就干过这种事。你走进一个哥萨克镇，说'我是俄罗斯人！'人家立即就会来看你，摸摸你，对你惊叹不已，你就可以得到三个卢布！他们会让你吃饱喝足，你愿意住多久都可以！"

小伙子听着契尔卡什说话，开始时张开大嘴巴，在他圆圆的脸上表现出一种疑惑不解的惊讶，后来他明白过来了，这个穿破烂衣服的人在撒谎，便扑哧一声大笑起来。契尔卡什则继续保持着严肃的样子，把微笑隐藏在唇髭下面。

"怪物，说得像是真的一样，我听着，还以为是真的呢……不过，说实在话，从前那儿是……"

"喂,我说什么啦?我不也是说从前那儿……"

"你算了吧!……"小伙子挥了挥手说,"你是鞋匠呢还是裁缝?……你到底是什么人?"

"我吗?"契尔卡什反问了一声,想了想说,"我是个渔夫。"

"渔——夫?真有你的!怎么,你捕鱼吗?……"

"干吗是捕鱼?这里的渔夫捕的不单是鱼,更多的是淹死的人、旧铁锚、沉没的船只——什么都有!钓竿是特制的……"

"你吹牛,吹牛!可能你就是一首歌里面唱的那种渔夫,他是这样说自己的:

我们把网
撒在干燥的河岸上,
也撒在贮藏室,撒在仓库上!……

"你见过这样的人吗?"契尔卡什讥讽地打量着他,问道。

"没有,我哪里能见到呢!只听说过……"

"喜欢他们吗?"

"他们?怎么不喜欢呢!他们不错,自由自在……"

"你要自由干什么?……难道你也喜欢自由吗?"

"那当然!自己做自己的主人,爱上哪儿就上哪儿去,想干什么就干什么……还用说吗!你能规规矩矩地行事,身上没有负担,这是头等好事!你想怎么玩就怎么玩,只是你要记住上帝……"

契尔卡什轻蔑地啐了一口吐沫,转过身去不理会小伙子了。

"现在来说说我的事吧……"小伙子说道,"我的父亲死了,家业很少,母亲老了,土地也被榨干了。我该怎么办呢?还得活下

去！可怎么活呢？我不知道。到有钱人家去做女婿吗？也行，要是人家能分一些财产给女儿的话！……可是不行，岳父那老鬼不肯分。这样我就只好替他卖命了……长期给他干活，要干很多年！瞧，这是什么事啊！可是如果我现在能挣到一百五十卢布的话，我马上就能站起来，岳父安吉普就什么也得不到！你愿意分给女儿玛尔法一点财产吗？不愿意，那就别给！好极了，村子里的姑娘又不是只有她一个，就是说，我是完全自由的，我独立自主……就是这样。"小伙子叹了口气，"可是现在却没有别的法子，只好去做倒插门女婿了。我曾经想过：瞧，我到库班去，挣它二百卢布——够了，我就是老爷了！……可是没有成功。现在只好去当雇工了……我永远也没有本事创业，唉！……"

小伙子真不愿意去当倒插门女婿。他悲伤得甚至连脸都黯然了，心里难受得坐在地上。

契尔卡什问他：

"那么你现在到哪儿去呢？"

"是啊——到哪儿去呢？自然是回家去啦。"

"嗯，老弟，这个我可不知道，也许，你打算去土耳其？"

"去土耳其！……"小伙子拉长声调说，"正教徒谁愿意到土耳其去呢？你居然也说这种话！……"

"你真是个傻瓜！"契尔卡什叹口气说，转过身去。这个健壮的小伙子引起了他某种想法……

一种模糊不清、慢慢地成熟的不愉快的感觉在他的内心里翻动着，妨碍他集中精神去思考今天晚上应该干的事情。

挨了骂的小伙子小声嘟哝着什么，时而向流浪汉投去睥睨的目光。他可笑地鼓起两腮，嘴唇张开，一双窄窄的眼睛好像过于频繁而又可笑地眨巴着。显然他没有料到，他跟这个留着小胡子的流浪

汉的谈话会结束得如此迅速和不愉快。

流浪汉再也没有理会他。他若有所思地吹着口哨，坐在小石墩上，用很脏的脚后跟在石墩子上打着拍子。

小伙子想报复他一下。

"喂，你这个渔夫！经常喝酒吧？"他刚开始说话，流浪汉却突然很快地转过身来，问他：

"小家伙，你听着！今天晚上你愿不愿意跟我一起干？快说！"

"干什么活？"小伙子不信任地问道。

"干什么？嘿，我叫你干什么你就干什么……我们去捕鱼，你划船……"

"是这样……行吗？没有啥，可以干。只是……最好不要出什么麻烦。我实在看不透你，你是个来路不明的人……"

契尔卡什感到胸口被灼伤似的，带一种冷冷的恼怒低声地说：

"你不懂就别多嘴。让我把你的脑袋敲开，你就开窍了……"

契尔卡什从石墩子上一跃而起，左手捋了捋自己的小胡子，右手握成紧紧的、青筋凸现的拳头，两只眼睛闪着亮光。

小伙子害怕了，他迅速地向四周张望一下，胆怯地眨巴着眼睛，也跳了起来。他们相互打量着，默不作声。

"怎么样？"契尔卡什严厉地问道。这个年轻的小牛犊对他的凌辱使他怒气填胸，浑身哆嗦，在同他谈话的时候他就瞧不起他，而现在更是憎恨他了。这是因为，这个小牛犊长着一双干净的蓝色眼睛，一张健康的、被晒得黝黑的脸、一双短而结实的手，是因为他在什么地方的村子里有房子，因为有个富裕的农民要招他做女婿，还因为他过去和未来的整个生活，尤其是因为他跟他——契尔卡什相比，不过是个小娃娃，竟也敢爱自由，而这种自由他是不懂

得其价值并且是他所不需要的。如果你看到一个你认为是不如你的人、比你更低贱的人，居然也要爱或恨你所爱或恨的东西，从而成了和你一样的人时，心里总是感到不舒服的。

小伙子则望着契尔卡什，已把他认作是主人了。

"其实，我……并不反对……"他说话了，"我正在找活干。对我来说，给谁打工，给你或给别人打工还不都是一样。我只不过说，你不像是个做工的人，你穿得太难看了……一身破烂。其实，我也知道，谁都可能穿成这样。上帝啊，难道我没有见过酒鬼吗！嗨，见得多了！……他们甚至还不如你呢。"

"得啦，得啦！你同意跟我干吗？"契尔卡什再问了一遍，口气缓和了一些。

"我吗？好吧！……我愿意！你说个价钱吧。"

"我是按工论价。看是什么样的活，就是说，看捕多少鱼……你可以得到五个卢布。你明白吗？"

但是一旦谈到钱的问题，这个农民立刻就认真起来了，而且要求雇主也同样认真。小伙子又表现出了不信任和猜疑。

"这对我不合适，老兄！"

契尔卡什也就扮演起雇主的角色来了。

"别多说了，走，我们到小饭馆去！"

于是他们肩并肩一起走到街上。契尔卡什摆出一副主人的傲慢的姿态，捋着小胡子；小伙子则做出一种准备完全服从的表情，可是仍旧疑虑重重和忧心忡忡。

"你叫什么名字呢？"契尔卡什问道。

"加夫里拉。"小伙子回答说。

他们走进一家肮脏的、熏得很黑的饭馆。契尔卡什在柜台前用一种老主顾的口吻要了一瓶伏特加酒，要了菜汤、煎肉、茶，估算

了一下钱数,便简短地向老板说了一声:"都记在账上!"老板默默地点了点头。这时加夫里拉立即对自己的主人充满敬意,因为这个人虽然外表像个骗子,却享有如此的声望和信誉。

"好,我们现在边吃边谈吧。你先坐一会儿,我出去一下。"

他走出去了。加夫里拉向四周张望了一下。饭馆坐落在地下室,里面很潮湿,很黑,整个饭馆充满变了味的伏特加、烟草、松脂及一些刺激性的气味;在另一张桌子上,面对着加夫里拉坐着一个穿水手服的红胡子醉鬼,满身都是煤灰和焦油,一边打呃,一边叽里咕噜地唱歌,歌词断断续续,语法不正确,时而发出可怕的咝咝声,时而发出喉音。他显然不是俄罗斯人。

这个人的后面坐着两个摩尔达维亚女人,她们衣衫褴褛,黑头发,脸也黝黑,同样用醉醺醺的嗓子叽叽喳喳地唱歌。

后来在黑暗中又出现了一些不同的身影,全都怪里怪气地披头散发、半睡半醒、大喊大叫,不肯安静……

加夫里拉感到很害怕。他盼望主人快点回来。小饭馆里的噪声融会成一个音调,似乎这是一只巨兽在怒吼,它用几百种各不相同的声音发怒地、盲目地要从这个不大的洞穴里冲出去,却又冲不出去……加夫里拉觉得自己身上被撒了某种使他陶醉的非常难受的东西,从而脑袋旋转起来,眼睛也变得蒙眬了,好奇而又恐怖地不断向饭馆的周围东张西望……

契尔卡什回来了,他们开始边吃边交谈。三杯酒进肚,加夫里拉便有点儿醉了。他变得活跃起来,想对自己的主人说点愉快的话,因为这是个好人!——用美食招待自己。要说的话波浪似的涌到他的喉咙里,却不知怎的竟说不出来,舌头突然僵住了。

契尔卡什瞧了他一眼,嘲讽地笑着说:

"你喝醉了!……嘿,废物!才喝了五杯!……你怎么能干活

大作家讲的小故事

呢?……"

"朋友!……"加夫里拉嘟哝道:"别害怕,我尊重你!……让我亲亲你!……好吗?……"

"算了,算了!来,再喝一点!"

加夫里拉喝啊,喝得最后醉成那样的程度,所有的东西都像均匀的波浪似的动作在他眼前晃动。这使他很难受,直想呕吐。他的脸显得又傻又兴奋,他想说点什么,却可笑地颤动着嘴唇,只发出哼哼的声音。契尔卡什凝视着他,好像想起了什么事,搓着自己的小胡子,老是阴沉地微笑着。

小饭馆里狂呼乱叫的醉酒声不绝。那个红胡子的水手胳膊肘支在桌子上睡着了。

"好了,我们走吧!"契尔卡什站起来说道。

加夫里拉也想站起来,但是站不起来,于是他把自己臭骂一顿,发出一种无意的醉汉的笑声。

"醉成烂泥了!"契尔卡什说,重又在他对面的椅子上坐下来。

加夫里拉一直在哈哈大笑,两只眼睛呆呆地望着主人。主人也机警地、若有所思地注视着他,他看见面前这个人的命运已落入他的狼掌,他,契尔卡什,觉得现在可以任意摆布这条生命了,他能够像撕一张纸牌那样把他撕碎,也能够帮助他建立一个稳定的农民小天地,成家立业;他觉得他现在是另一个人的主人,因此也想到,这个小伙子大概再也不会去喝命运让他契尔卡什喝过的那种苦酒了……于是他既羡慕又怜惜这个年轻人的生命,既嘲弄它,又替它担忧,怕它会再落到像他这样的人的手中……所有这些感觉在契尔卡什的心里最终都融化成一种父亲和主人般的感情。这个年轻人是可怜的,但他又是自己需要的人。于是契尔卡什握住加夫里拉的胳肢窝，轻轻地用膝盖从后面抵着他，扶他走到小饭馆的院子里，放在柴火堆阴影下的地上，自己也在他的身边坐下来抽口烟。加夫里拉微微动了动身子，哼哼了一阵，便睡着了。

二

"喂，准备好了没有？"契尔卡什小声问正在摆弄船桨的加夫里拉。

"马上就好！桨叉有点儿松了——可以用桨敲一下吗？"

"不——不！不能弄出任何声音来！用手把它压紧一些，它就会复原了。"

他们两人正悄悄地收拾一只小船。那小船系在一队帆船和土耳其式大帆船中间的一只小船的船尾上，帆船上装的是橡木桶板，土耳其式大帆船上装的是棕榈、檀香和粗大的柏树原木。

夜里一片漆黑，天空中浮动着一团团厚厚的蓬松的乌云，海是平静的，像油一样，又黑又稠，散发着潮湿的、带咸味的芳香，发出温柔的声音。在离海岸很远的空间，从海上升起黑色的轮船的骨架，尖尖的桅杆扎入天空，桅杆的顶端挂着五颜六色的许多小灯。灯光反映在大海里，好像在上面撒满了无数的黄色斑点，它们在天鹅绒般柔软的、暗黑色的海面上若隐若现，十分好看。大海像工作了一天劳累不堪的工人一样，深深地熟睡了。

"咱们走！"加夫里拉把桨放入水中说道。

"走！"契尔卡什用力调转船舵，把小船划进帆船中间一条窄窄的水道上，小船便沿着平滑的水道疾驰，海水在船桨的拨动下激起了浅蓝色的磷光，一条长长的光带在船尾后面旋转，柔和地闪闪发亮。

"喂，脑袋怎么样？痛吗？"契尔卡什亲切地问道。

大作家讲的小故事

"痛得厉害！……像铁罐子一样嗡嗡作响……我得立刻用水浇一浇脑袋。"

"为什么？来，你把这个拿去，暖一暖脾胃，也许很快你就会清醒过来。"接着他把一个瓶子递给加夫里拉。

"真的吗？上帝保佑！……"

听到了轻轻的饮酒声。

"喂，你啊！来劲啦？……够了！"契尔卡什不让他再喝了。

小船又疾驰起来，无声地、轻捷地在大船中间回转……突然它从这些大船堆里冲了出来，无边无际、雄伟壮观的大海便展现在他们的面前，通向碧蓝色的远方。从海面向天空涌起高山般的云彩，有的是淡紫—瓦灰色的，边上镶着黄色柔毛，有的是浅绿色的，像海水一样的颜色。此外是那些令人郁闷的铅一般的乌云，它们从自身释放出阴郁、沉重的黑影。那些云彩慢慢地移动着，时而融成一片，时而互相追逐，它们的颜色和形状搅在一起，或自己吞食自己，或重新产生新的外形……在这些无生命的云层的缓慢的运动中有一种不祥的东西，好像在天涯海角里有着无边无际的云层，它们总是如此冷漠地爬向天空，怀着阴险的目的：永远不允许天空再向沉睡的大海用它那百万只金色的眼睛——活跃的、梦幻似的闪烁的、绚丽多彩的星星放射光芒，不让那些珍视星星的纯洁光辉的人们的心中激起崇高的愿望。

"海美好吗？"契尔卡什问道。

"还不错！只是在海上有点害怕。"加夫里拉回答说，并平稳而有力地在水中划着双桨。海水发出微微的响声，在长桨的拍击下溅起水花，并不断地闪现出浅蓝色的、温暖的磷光。

"害怕！你真是个傻蛋！……"契尔卡什讥讽地说。

他虽然是一个贼，但喜欢大海。他那激越的、渴望得到各种印

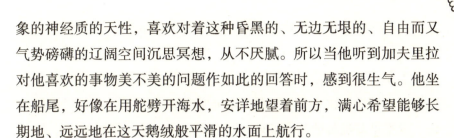

象的神经质的天性，喜欢对着这种昏黑的、无边无垠的、自由而又气势磅礴的辽阔空间沉思冥想，从不厌腻。所以当他听到加夫里拉对他喜欢的事物美不美的问题作如此的回答时，感到很生气。他坐在船尾，好像在用舵劈开海水，安详地望着前方，满心希望能够长期地、远远地在这天鹅绒般平滑的水面上航行。

在海上，他心中总是涌现出一种开阔的温暖的感觉。这种感觉充溢着他整个心灵，稍稍地洗掉他心灵中那些日常生活的丑恶。他珍视这种感觉，喜欢在这里，在天与水之间看到较好的自己；在这里，对生活的思考和生活本身总是失去其——首先是尖锐性，其次是价值。每天夜晚，海面上飘来一阵阵大海睡眠的呼吸和柔和的声音，这种无边无垠的声音把安宁注入人的灵魂里，它遏止灵魂罪恶的冲动，从中孕育出强大的梦想……

"渔具在哪里？"加夫里拉突然问道，不安地打量着小船。

契尔卡什战栗了一下。

"渔具？它在我这里，在船尾。"

但是在这个小家伙面前撒谎他感到很恼恨，又因为这个小伙子的问话打断了他的冥想和感觉而惋惜。他生气了。一种他所熟悉的强烈的灼痛向他的胸口和喉咙袭来，他威严而又激烈地对加夫里拉说：

"你给我听着——坐着，就好好坐着！别多管闲事。我雇你来划船，你就好好划。你要是多嘴多舌，是不会有好结果的。明白吗？……"

小船震动了一会儿，停住了。船桨留在水里，水上冒出泡沫。加夫里拉不安地在凳子上挪动着身体。

"划呀！"

刺耳的骂声震动了空气。加夫里拉挥动了船桨，小船吃惊似的

大作家讲的小故事

急促地、神经质地向前跃进，海水发出哗哗的响声。

"划得稳一些！……"

契尔卡什稍稍抬起身子，没有放下手中的桨，冷眼盯着加夫里拉苍白的脸。加夫里拉弯着腰，向前倾着，活像一只准备跳跃的猫。听得见其狠狠的咬牙切齿的声音和骨节轻轻挤轧时的咔咔声。

"谁在叫喊？"从海上传来严厉的吆喝声。

"喂，鬼东西，划呀！轻一点！……我要打死你，狗东西！……喂，划呀！……一、二，只要敢犟一句嘴！……我就把你撕成碎片！……"契尔卡什低声地警告他。

"圣母啊……贞女啊……"加夫里拉喃喃地说，全身发抖，由于恐惧和用力而感到全身疲惫不堪。

小船平稳地掉个头，向港口往回驶。这里的灯光聚集成五颜六色的一簇，桅杆也看得见了。

"喂！谁在叫喊？"又传来这个声音。

现在的声音比刚才的要远了。契尔卡什放下心来。

"那是你自己在叫喊！"他朝喊声的方向说道，然后对还在小声祈祷的加夫里拉说：

"喂，老弟，算你有福气！要是这些魔鬼追上了我们，那你就完蛋了。你想过没有，我会马上拿你去喂鱼！……"

现在契尔卡什已经平心静气甚至温和地说话了，加夫里拉却仍然因恐惧而哆嗦，他哀求说：

"我说，你就放了我吧！看在基督分上，我求你放了我，找个什么地方让我下船吧，哎哟哟！……我全完了！……看在上帝分上，让我走吧！我对你有啥用呢！我干不了这种事！……我从没干过这种事……是第一次……上帝啊，我真的要完蛋了！老兄，你怎么能这样骗我呢？啊！你造孽啊！……要知道，你毁了一个灵魂！……唉，这种事啊……"

"哪种事？"契尔卡什严厉地问道，"你倒说说，哪种事？啊？"

小伙子的恐惧倒使他觉得开心，于是他欣赏起加夫里拉的恐惧来，也欣赏起自己来，因为他，契尔卡什竟是一个如此厉害的人。

"老兄，这是见不得人的事……看在上帝分上，你就放了我吧！……我对你有啥用呢？……好吗？……亲爱的……"

"喂，你住嘴！如果我不需要你，我就不带你来，明白吗？你就别说话了！"

"上帝啊！"加夫里拉叹了一口气。

"好啦，好啦！你就别愁眉苦脸了！"契尔卡什打断了他的话。

可是加夫里拉现在已经不能控制自己了。他小声地呜咽着，哭着，擤着鼻涕，焦躁不安地坐在板凳上，不过仍然用力地、拼命地划着船。小船就在这些船只中间一条狭窄的水道上陀螺般地旋转着，然后消失在其中了。

"喂，你听着！无论什么人问你——你都别做声，如果你还想活的话！明白吗？"

"哎哟，妈呀！……"加夫里拉绝望地叹了一口气，作为对这一严厉命令的回答，并悲哀地加了一句，"我算完了！……"

"别诉苦！"契尔卡什威严地低声呵斥道。

契尔卡什的这一呵斥，使加夫里拉丧失了思考能力，一种冷森森的大祸临头的预感攫住了他，顿时呆若木鸡。他机械地把桨放在水里，身体往后一仰，又拿起了桨，再把它放下，目不转睛地一直望着自己的树皮鞋。

处于睡眠状态的波涛发出阴沉的响声，令人害怕。港口到

大作家讲的小故事

了……在那花岗石墙的后面听得见人声、水的拍溅声、歌声和汽笛的尖叫声。

"停住！"契尔卡什低声喝道，"把桨扔下，用双手扶着墙！轻一点，鬼东西！……"

加夫里拉用手扶住溜滑的石块，使小船沿着墙走，让船的船舷在长着苔藓的石块的黏液上滑过去，无声无息地向前移动。

"停！……把桨给我，拿到这边来！你的身份证在哪里？在背囊里吗？把背囊拿过来！喂，快点拿过来！亲爱的朋友，这样做是为了不让你逃走……现在你可是逃不掉了，没有桨也许还能逃，而没有了身份证，你就不敢逃了。你等着我，小心，要是你敢说个不字，你就是沉到海底，我也能找到你！……"

突然，契尔卡什双手抓住什么东西，在空中一跃而起，便在墙上消失了。加夫里拉哆嗦了一下……这事来得如此之快，他觉得，在这个留着小胡子的干瘦的小偷面前感到的那种可诅咒的重压和恐惧一下子就从自己身上卸掉了，移开了……现在可以逃走了！……于是他自由地吁了一口气，巡视一下四周。左边，耸立着一只没有桅杆的船身，像一口巨大的没有装人的空棺材……海浪每一次对船身两侧的冲击，都发出一种喑哑的、响亮的回声，好像是在艰难地喘气。右边，在水上，伸展着防波堤的潮湿的石墙，就像一条冷冰冰的沉重的蛇。后面也是一些黑糊糊的骨架。而前面，在石墙与这口棺材的一侧之间的小洞里却可以看见无声而空泛的大海，笼罩在它上面的是黑压压的乌云。又大又浓重的乌云慢慢地游动着，从黑暗中散播着恐怖，并准备用自己的重力把人压死。一切都是冷冰冰的、黑压压的、凶险的。加夫里拉害怕起来了。这种害怕比契尔卡什在他心中引起的害怕更厉害，它抓住加夫里拉的胸口，压得他胆怯地缩成一团，坐在小船的板凳上不敢动弹……

四周围鸦雀无声,除了海的叹息,什么也听不见。天空中的乌云,像从前一样慢腾腾地、无聊地爬动着,不过从海上升起的乌云越来越多,你望着天空会以为它也是一片大海,只不过它是一个波涛滚滚,翻腾在另一个沉睡的、宁静而又平滑的海面上的大海罢了。乌云就像用卷曲的、灰白色的浪峰冲向地面的海浪,也像深渊,这些海浪就是大风从深渊里刮起的,又像新产生的尚未被狂暴和愤怒的浅绿色泡沫所覆盖的巨浪。

加夫里拉感到自己被这种灰暗的静寂和美压倒了,又觉得自己想很快地看到主人。可是要是主人留在那边了呢?……时间过得很慢,慢得比天空中爬行的乌云还要慢……静寂也逐渐变得更阴险了……但就在此时堤墙外却传来了水的拍溅声、簌簌声和一种类似人的耳语声的声音。加夫里拉觉得自己马上就要死了……

"喂!睡着了吗?接住!……当心点!……"响起了契尔卡什的沙哑的声音。

从墙上落下一包立方形的沉甸甸的东西。加夫里拉把它搁在船上,接着又落下一包同样的东西,然后契尔卡什的长长的身体从墙上横着翻了下来,桨也从什么地方出现了,背囊也落到了加夫里拉的脚边。契尔卡什喘着粗气坐到船尾上。

加夫里拉望着他又惊又喜地笑了笑。

"累了吧?"他问道。

"哪能不累呢,小家伙!好了,你就好好划船吧,使劲划!……小兄弟,你赚了一大笔钱了!事情已完成了一半。现在只要神不知鬼不觉地溜出去,你就钱到手了,并且可以去见你的玛什卡了。你有一个玛什卡[①]吧?喂,小家伙?"

[①] 玛什卡——玛丽娅的卑称,俄国妇女的一个普通名字。这里指加夫里拉心爱的女人。

大作家讲的小故事

"没——没有!"加夫里拉的胸口像拉风箱似的喘着大气,用铁条般的双手竭尽全力使劲地划船,船底下的海水发出轰隆的波涛声,船尾后面的浅蓝色的带子变宽了。加夫里拉虽然满身大汗,却继续竭力地划船。这一夜经受了两次这种惊吓之后,如今他害怕再受第三次,一心只期望着快点结束这种该死的工作,到岸上去,躲开这个人,趁他现在还没有真的把他杀死或把他拖进监狱。他决定不跟他谈任何事,也不违抗他,他吩咐做什么就做什么。如果能侥幸地摆脱他,明天就去向显灵的尼古拉祈祷,热情的祈祷词已经成竹在胸了。不过他克制着,像火车头那样冒着气,不出声,只是皱着眉头看着契尔卡什。

而这个又高又瘦的家伙却像鸟一样弓着身子,好像要飞到什么地方去似的,用鹞鹰似的眼睛望着小船前面的暗处,抖动着凶猛的鹰钩鼻,一只手紧紧握着舵把,另一只手捋着由于微笑而颤动着的小胡子,薄薄的嘴唇也由于微笑而歪扭着。契尔卡什对自己的成功感到很满意,对自己和对这个被他吓得要死并成了他的奴隶的小伙子都很满意。他看着这个正在卖力的加夫里拉,觉得有点儿可怜,便想去鼓励鼓励他。

"喂!"他笑着轻声地说,"你吓坏了吧?是吗?"

"没——没有什么!……"加夫里拉呼一口气说,并咳了一声。

"是啊,你现在可以不用那么使劲划船了,现在已经大功告成,只要再通过一个地方……你就可以休息休息了……"

加夫里拉顺从地稍稍停了一下,用袖子擦去脸上的汗水,再把桨投入水中。

"好,轻一点划吧,别让水发出声音来。现在要通过一个闸门,轻一点,轻一点……否则,老弟,那些人可是厉害的……他们正好可以摆弄摆弄枪支了。连叫喊都来不及，就会在你的脑门上打出一个包来。"

小船现在几乎无声无息地行驶在水上，只看得见一滴滴水珠从船桨上落下来，当水珠落在海里时，有水珠的地方就会短暂地激起浅蓝色的小涡纹。夜慢慢地变得更黑和更沉寂了。现在的天空不再像是汹涌澎湃的大海了，乌云在天空中散开，低垂在水面上，一动也不动，用均匀的沉重的夜幕把大海覆盖起来。海变得更黑了，也更强烈地散发出温暖的带咸味的气息，而且不像先前那样浩瀚无边了。

"嗨，要是能下场雨才好呢！"契尔卡什小声说，"这样，我们就可以在雨幕后面溜过去了。"

小船的左右两边从黑色的水中升起了一群像是建筑物似的东西——这是一些一动不动地停在那里的阴森森的、深黑色的驳船，其中的一只船上有火光在游动，有人提着灯在走动。大海抚摸着这些驳船的船舷，发出一种央求似的轻轻的声音，而这些驳船却以响亮而冷漠的回声答复它，好像它们是在争论什么，不愿意对其让步似的。

"巡逻队！……"契尔卡什小声得几乎听不见地说。

自从契尔卡什吩咐划船要轻一些的时候起，加夫里拉便重新被一种放心不下的极度紧张控制着。他全身往前俯在黑暗中，感到自己的身体在长大——骨头和血管都在伸展着，带有一种钝痛，脑袋由于老转着一个念头而感觉疼痛，背上的皮肤发颤，两条腿好像被又小又尖利的冷针扎着，眼睛也由于紧张地注视着黑暗而觉得酸痛。他料想很快就会有人出现，并向他们大声吆喝道："站住，窃贼！……"

此时，当契尔卡什小声说出"巡逻队"时，加夫里拉哆嗦了一

大作家讲的小故事

下,一种剧烈的灼痛的念头穿透了他的心,穿透并且刺痛了他的已经绷得很紧的神经。他想大声呼叫,让人们来搭救自己……他已经张开了嘴,并从板凳上稍稍欠起身来,挺起胸脯,大口吸进空气,再次张大嘴——但是突然,一种恐惧心理像鞭子似的抽了他一下,他被吓坏了,闭上眼睛,从板凳上滚了下来。

……在小船的前面,离地平线很远,从黑色的海水里升起一把巨大的、带有火光的、浅蓝色的宝剑。它升起来,劈开了夜晚的黑暗,用其剑锋沿着天空中的乌云划过,就像一条宽大的浅蓝色的带子留在了大海的胸脯上。它留在那里,在它的光带上从昏暗中浮现了一片黑压压的、以前看不见的、无声无息的、被柔软的夜雾笼罩着的船舶,似乎它们在很久以前就已沉在海底,是被暴风雨的强大的力量刮到这里来的,可如今它们却是奉大海产生的火剑的敕令升起来了,为的是要看看天空和水面上的一切……船舶的索具缠绕着桅杆,好像是有黏性的水草跟这些布满水草的黑色怪物一起从海底升起。如今这把可怕的浅蓝色的巨剑又从大海深处升出水面,它升起来,闪着亮光,重新劈开黑夜,再落下去,不过已经在另一个方向了。于是在它留下的地方重又浮现出在它出现之前看不见的船舶。

契尔卡什的小船停了下来,在水里摇晃着,有点犹豫不决的样子。加夫里拉躺在船底上,双手遮挡着脸。契尔卡什用一只脚踢了踢他,很生气,但小声地说:

"傻瓜,这是海关缉私船……这是探照灯……起来吧,木头疙瘩!灯光马上就要照到我们了!……鬼东西,你会毁掉自己,也毁掉我!知道吗!……"

当契尔卡什用鞋后跟重重地一脚踢到加夫里拉的背上时,他终于跳了起来,但仍然害怕地闭着眼睛,坐到板凳上,摸索着拿起桨,划起了船。

"轻一点!不然我揍死你!听见没有,轻一点!……傻瓜,见你的鬼去吧……你害怕什么?喂,丑八怪!……不过是探照灯罢了。轻一点划!……可恶的魔鬼!……这是监视走私的,不会来碰我们——他们已经走远了,不用害怕,不会碰我们的。现在我们……"契尔卡什得意洋洋地环顾一下四周说,"完事了,我们溜出来了!……啊哈!喂,你走运了,你这个笨蛋!……"

加夫里拉没有做声,划着桨,喘着粗气,斜眼望着那把火剑不断起落的地方。他无论如何也不相信契尔卡什所说的"这不过是探照灯"。能劈开黑暗、迫使大海发出银光的这种冷冰冰的蓝光,一定有着某种神秘莫解的东西。于是,加夫里拉重又陷入了苦闷、恐惧的催眠状态。他机械地划着桨,一直蜷缩着身体,好像在等待来自上面的打击。他心里已经没有任何东西,也没有任何愿望了——他已经是一个空壳,一个无生命的人。这一夜的激动终于把他身上一切人性的东西都吞噬光了。

契尔卡什则是得意洋洋。他那习惯于震动的神经已经平静下来了。他甜蜜地抖动着小胡子,眼睛闪着亮光。他自我感觉良好,轻声吹着口哨,深深地呼吸着海上湿润的空气,举目四望。当他的目光停留在加夫里拉身上时,温厚地笑了笑。

刮起一阵风,把大海叫醒了,立即揪起密密的波纹。乌云变得好像薄了一些,更透明一些,不过天空依然被乌云笼罩着。尽管风仍在海面上轻轻地自由地吹拂,乌云还是一动不动,好像在转着一个灰色的无聊的念头。

"喂,老弟,你醒醒吧,到时候了!瞧你的样子,你怎么啦?仿佛你整个灵魂都被从皮囊里挤压出来了,只剩下一包骨头了!现在一切都成了。喂!……"

大作家讲的小故事

加夫里拉终究还是高兴听到人的声音，虽然这是契尔卡什在说话。

"我听见了。"他轻轻地说。

"这就好！软骨头……来，你来掌舵，我来划船，你累了，去吧！"

加夫里拉机械地换了位子。在换位子时，契尔卡什打量了一下他的脸，发现他两腿哆嗦，全身摇晃，因此更加可怜起这个小伙子来了。他拍了拍他的肩膀。

"喂，喂，别害怕！你这已赚大钱了。小老弟，我要重重地赏你。你想得到二十五卢布吗？啊？"

"我——什么也不要，只想上岸去……"

契尔卡什手一挥，啐了口唾沫，用自己长长的胳膊把双桨向后远远地抛出去，便划起来。

海醒了。它玩弄着细浪，孕育着波浪，用泡沫把波浪镶嵌起来，并让它们相互碰撞，变得粉碎。泡沫溶化时发出咝咝声和叹息声——于是四周围都充满了乐曲般的音响和拍溅声。黑夜变得似乎更有生气了。

"喂，告诉我，"契尔卡什说，"你回到农村去，讨个老婆，然后翻土、种地，老婆将生一群孩子，粮食不够吃，这样你就得一辈子受劳累……喂，怎么样？这里有许多值得留恋的东西吗？"

"哪儿有什么值得留恋的东西？"加夫里拉胆怯地战栗着回答说。

天空中有些地方风冲破了乌云，从裂口上现出了几小块蓝天和一两颗小星星，这些星星反映在嬉戏着的海面上，在波浪上跳跃着，时而发光，时而熄灭。

"向右一点！"契尔卡什说，"我们很快就到了。是啊！我们成功了，干得真棒！……看见没有？……一夜工夫——我们弄到了五百卢布！"

"五百？"加夫里拉不相信地拖长声音说，但马上就害怕起来，用脚踢了踢船上的一包东西，急切地问道，"这到底是啥东西？"

"这可是值钱的东西。这些东西要是拿去卖的话，足值一千卢布。可是我并不在乎……巧妙吗？"

"是啊！……"加夫里拉表示疑问地拖长声音说，"要是我也能这样该多好啊！"他叹了口气，马上又想起了农村，那微薄的家产、母亲、所有遥远而又亲切的东西。正是为了这一切他才出来打工的，正是为了这一切，他才受了这一夜的折磨。一股怀念自己家乡的思绪控制了他：他记得自己的村子沿陡峭的山坡往下走是一条小河，小河隐没在白桦、白柳、花楸、稠李的丛林里……"唉，多棒啊！……"他忧伤地叹了口气。

"是啊！……我想，你现在就可以坐火车回家去了……家乡的姑娘们都会爱上你。啊哈，怎么样！……姑娘随你挑！你还可以给自己盖一所房子——不过，要盖房子，钱恐怕还少了一点……"

"这你说得对……盖房子，这钱不够，我们那边的木材很贵。"

"那怎么办呢？把老房子修一修吧。马怎么样？有马吗？"

"马？马倒是有一匹，可是太老了，鬼东西。"

"嗯，就是说，要有一匹马，一匹好马！牛……羊……各种家禽都要有……是吗？"

"你就别说了！唉，上帝啊？要能过这样的日子就好了！"

"是啊，小老弟，要能过这样的日子就很不错了……这种事我也懂。我也曾有过自己的窝……我父亲就是村子里的首富……"

大作家讲的小故事

契尔卡什缓慢地摇着桨。小船在波浪上摇曳着，在黑漆漆的海面上，它似乎没有移动，海浪则淘气地拍打着船舷，海水玩得越来越欢了。两个人都沉入了幻想，在水面上颠簸着，若有所思地打量着自己的周围。契尔卡什开始把加夫里拉的思想引到思乡上来，希望对他稍加鼓励和安慰。起初，他一面说，一面还暗自觉得可笑，但是后来，当他简单地回答了几句，使加夫里拉回想起了农村生活的乐趣（这种乐趣他本来早已失望了，忘记了，只有现在才想起来）时，他自己也慢慢地为之神往了。本来他是要向小伙子询问农村和农业情况的，不知不觉地却自己对他讲起来了：

"农村生活中最重要的，小老弟，就是自由！你就是自由的主人。你有自己的房子，哪怕它只值一文钱，可也是你的。你有自己的土地，哪怕只有巴掌大，可它也是你的！在自己的土地上你就是皇帝！……你有自己的脸面……你可以要求任何人尊敬你……是这样吗？"契尔卡什兴奋地结束了自己的话。

加夫里拉好奇地望着他，也兴奋起来。在这种谈话中他已忘记了他是在跟谁打交道了，他在自己面前看到的是一个跟他一样的农民，这个农民被世世代代的汗水永远黏在了土地上，对童年的回忆已把他同土地联系在一起了，但他现在却擅自离开了它，不再去管理它。为此他遭到了应有的报应。

"小老弟，这是对的！唉，的确是这样！就拿你自己来说吧，如果现在失去了土地，你会怎么样呢？小老弟，土地就像母亲，你可不能长久忘记。"

契尔卡什清醒了过来……他觉得胸口有一种刺人的灼痛。只要他的自尊心——一个不顾一切的好汉的自尊心，受到了什么人的伤害，尤其是受到他瞧不起的那种人的伤害，这种灼痛就总要出现。

"胡扯！……"他狂暴地说，"你可能认为，我说的这些都是

真的……你别妄想啦！"

"哪能呢，真是个怪人！……"加夫里拉又害怕起来，"难道我是说你吗？我想，像你这样的人有很多！世界上不幸的人有多少啊！……那些流浪汉……"

"笨蛋，你来划船！"契尔卡什简短地命令说。不知何故，他竟抑制住了冲到他喉咙里来的一连串难听的骂人的话。

他们又对换了位置。当契尔卡什越过那包东西爬到船尾上去时，觉得心里有一种强烈的愿望：给加夫里拉一脚，把他踢进水里去。

简短的谈话结束了，但是现在连加夫里拉的沉默对契尔卡什来说也带有一种乡村风味……他想起了过去，忘记了掌舵，船被风浪打得转移了方向，在海上随便漂流。海好像知道船已经迷失目标，把它抛得越来越高，轻松地玩耍着它，在桨下面放射出一种温柔的蓝光。在契尔卡什的眼前飞快地闪过一幅幅过去的画面，和现在相隔整整十一年流浪生活这面高墙遥远过去的画面，他看见了儿童时代的自己，看见了自己的村子，看见了自己的母亲，一个有着一双善良的灰色眼睛、两颊红润、身体丰满的女人，还有父亲，他是一位面貌严厉的红胡子大汉；他也看见了自己做新郎时的样子，并看见了妻子，黑眼睛的安菲莎，她梳着长辫子，丰满、温柔、快活；他又看见了自己，一个美男子、一个近卫军士兵；又看见了父亲，他已头发花白，而且由于干活而驼背了，母亲亦是满脸皱纹，身子弯到了地面；他还看见他服役归来时村子里欢迎他的景象，看见父亲当时如何在全村人面前夸耀自己的葛利高里——留着小胡子的健壮军人、机灵的美男子……记忆，这鞭打不幸者的鞭子，甚至使过去的石头也复活了，甚至在以前服下去的毒药里也添加了几滴蜜汁……

大作家讲的小故事

  契尔卡什感到自己处在一股故乡的温和、亲切的气流的包围之中，这股气流使他能听到母亲的亲昵的话语和虔诚的农民父亲庄重的说话，能听到许多已经忘记了的声音，闻到刚刚解冻、刚刚翻耕过和刚刚覆盖上绿绸般秋播作物的大地母亲的浓郁的气味……他感到自己孤单一人，离开了奔流在血管中为他造血的那种生活秩序，永远被抛弃了。

  "喂，我们往哪儿开啊？"加夫里拉突然问道。

  契尔卡什震颤了一下，用猛兽似的惊恐目光环顾四周。

  "嘿，鬼把我们带走了！……快快摇桨……"

  "想心事了吧？"加夫里拉笑着问道。

  "累了……"

  "那么，我们现在不会跟这些东西一起落网了吧？"加夫里拉用脚踢了一下那些货包。

  "不会了，放心吧。马上把这些东西卖掉，拿到钱……就……"

  "五百卢布？"

  "少不了。"

  "这可是一大笔钱啊！要是给了我这个苦命人哪！……嘿，我就得好好派上用场了！……"

  "买地？"

  "那当然，马上就买……"

  于是加夫里拉的幻想翅膀疾飞起来了。契尔卡什却没有说话，小胡子向下垂着，右半边身子被波浪打湿了，眼睛陷了进去，没有了亮光。他身上一切凶猛的东西都变得柔和了，被忍辱的沉思冲淡了，甚至在他那肮脏衬衣的皱褶里都能看到这种沉思。

  他急剧调转船头，向一个黑黑的、露出水面的东西驶去。

整个天空又被乌云遮住了,并且下起雨来,雨很小,很温暖,落在浪峰上,发出愉快的淅沥声。

"停下!轻一点!"契尔卡什命令道。

船头撞到了一艘帆船的船身。

"他们是不是在睡觉呢,这些鬼东西?……"契尔卡什抱怨地说,并用钓竿勾住从船舷上垂下来的绳索,"把梯子放下来!……还在下雨,不能早一点吗?……嘿,你们这些人啊!……唉!……"

"是谢尔卡什①吗?"从上面传来亲切的鼻音。

"喂,把梯子放下来!"

"卡里梅拉②!谢尔卡什!"

"放下梯子来,烧焦的黑鬼!"契尔卡什咆哮起来了。

"啊,今天你怎么一回来就火气这么大……哈罗!"

"爬上去,加夫里拉!"契尔卡什对伙伴说。

一会儿,他们就来到了甲板上,那里有三个留着大胡子的黑黑的身影,用奇怪的咝咝叫的语言在兴致勃勃地聊天,并望着船舷外面契尔卡什的小船。第四个人披着一件长长的厚呢子斗篷走到他的跟前,默默地握了握他的手,然后又狐疑地打量一下加夫里拉。

"明天早晨你把钱准备好,"契尔卡什简短地对他说,"现在我要去睡觉。加夫里拉,我们走!想吃点东西吗?"

"睡觉吧……"加夫里拉回答说。过了五分钟,他便打起鼾来了。契尔卡什坐在他旁边,把不知是谁的靴子套在自己的脚上试穿着,若有所思地朝旁边啐了一口痰,忧闷地吹起口哨,然后便挺直身子,在加夫里拉旁边躺下来,双手枕在头下,不时地抖动着小胡

---

① 即契尔卡什。说话人发音不准,把"契"念成"谢"。
② 希腊语:"晚上好!"

子。

帆船轻轻地在嬉戏的水面上摇晃着，不知是什么地方，木头抱怨似的发出吱吱的响声，雨轻轻地落在甲板上，波浪则拍打着船舷……一切都是那么郁闷，发出的声音就像是一个母亲对自己儿子的幸福失去了希望而吟唱的摇篮曲……

契尔卡什龇着牙，稍稍抬起头，打量了一下四周，小声嘟哝了几句，又躺下了……他两腿伸开，活像一把大剪刀。

三

契尔卡什首先醒了，惊慌地环顾一下四周，立即就平静下来，看了看还在熟睡的加夫里拉。加夫里拉正甜蜜地打着鼾，在梦中正对什么微笑着，整个脸呈现出一种被晒黑的、健康的孩子气。契尔卡什叹了一口气，便沿着狭窄的绳梯爬到上面。从一个船舱的洞孔里可以看见一块铅色的天。天已经亮了，但仍像秋天一样，令人感到烦闷、单调。

大概过了两小时，契尔卡什回来了。他脸色红润，小胡子潇洒地翘着，身上穿着短上衣、皮裤子和一双坚实的长靴子，很像一个猎人。他的全身服装都是破旧的，但很结实，而且很合身，这使他的外形显得更宽阔一些，掩盖了他的棱棱瘦骨，变成威风凛凛的样子。

"喂，小牛犊，起来吧！……"他用脚碰了碰加夫里拉。

加夫里拉跳了起来，由于刚从睡梦中醒来，一时不认得他，吃惊地用一双浑浊的眼睛直瞪着他。契尔卡什哈哈大笑起来。

"瞧你这副模样！……"加夫里拉终于咧开大嘴笑道，"你都变成老爷了！"

"我当老爷不费什么工夫。不过，你却胆小如鼠！昨晚你多少次想到要死啊？"

"是啊，你自己想想看，我是第一次干这种事啊！可能一辈子都受灵魂的折磨！"

"喂，再干一次怎么样？啊？"

"还要干？……嘿，这——怎么跟你说呢？得看看有多大好处！……这是问题所在！"

"要是给你两张红票子①呢？"

"就是说，两百卢布吗？不错，这倒可以……"

"且慢！那么，灵魂受折磨怎么办？……"

"不过要知道，也可能……不受折磨！"加夫里拉笑了笑。

"不受折磨，那你就可以一辈子做人了。"

契尔卡什高兴地哈哈大笑起来。

"好，得了！玩笑归玩笑，我们上岸去吧……"

他们重又来到小船上。契尔卡什掌舵，加夫里拉划船。他们的头上是一片均匀地布满乌云的灰蒙蒙的天空，浑浊的绿色大海耍弄着小船，小船在波浪上颠簸着，发出刷刷的响声。暂时还微弱的波浪，欢快地把发亮的、带咸味的浪花抛向船舷。船头前面很远的地方看得见一条长长的黄色沙岸，船尾后面则是延伸得很远的大海，大海被装饰着松软、雪白泡沫的波浪搅得凹凸不平。就在那边的远方出现了许多船只——远方的左边桅杆林立，还有一幢幢白色的城市建筑。从那边顺着海面送来一阵阵暗哑的隆隆声，这声音与波涛的拍击声一起合成一曲优美好听、雄壮有力的音乐……一切都被一层薄薄的浅灰色的雾幕遮住了，使物与物相互远离开来……

"啊哈，晚上可要热闹了！"契尔卡什向海点点头。

---

① 指沙俄时代面值一百卢布的钞票。

大作家讲的小故事

"是有暴风雨吗？"加夫里拉问道，使劲地用桨划着波浪。海上被风刮起的水花，溅得他从头到脚都湿透了。

"嘿嘿！……"契尔卡什肯定道。

加夫里拉探究地看了看他……

"喂，他们付给你多少？"加夫里拉见契尔卡什不打算说话，便终于问道。

"你瞧！"契尔卡什从口袋里掏出什么东西给他看。

加夫里拉看见花花绿绿的钞票，于是他眼睛里的一切都成了鲜艳的一百卢布钞票的颜色。

"啊唷！……我还以为你在对我吹牛哩……这——是多少？"

"五百四十卢布！"

"真有你的！……"加夫里拉说，贪婪的眼睛死盯着那重又被藏进口袋里去的五百四十卢布，"哎哟，妈呀！……要是我有这些钱！……"他抑郁地叹了口气。

"小伙子，我带你去好好玩一玩吧！"契尔卡什快活地大声说道，"喂，我们去喝个痛快……小老弟，别操心，我会分给你的，分给你四十卢布！好吗？满意吗？想要我马上给你吗？"

"既然你不感到可惜——那么好吧，我会收下的！"

加夫里拉全身战栗起来，强烈的期待使他的胸口隐隐作痛。

"啊哈，你这鬼东西'会收下'！好，小老弟，那就收下吧！我真心实意地求你收下，我不知道我这一堆钱往哪里搁哩！你就帮帮我的忙，收下吧！来，拿去！……"

契尔卡什把一些钞票递给加夫里拉，加夫里拉用发颤的手接过去，丢开了桨，把钞票往怀里什么地方藏起来，贪婪地眯起眼睛，呼呼地喘着粗气，好像喝了什么滚烫的东西似的。契尔卡什带着讥讽的微笑端详着他。加夫里拉则重新抓起了桨，并神经质地急忙划

着,像是害怕什么似的,垂下眼睛。他的双肩和耳朵都在战栗。

"你很贪婪!……不好……但是有啥办法呢?……农民嘛……"契尔卡什若有所思地说。

"要知道,有钱好办事!……"加夫里拉突然兴奋起来,提高声音说。他急急忙忙,好像在追赶自己的思想,断断续续地谈起了农村中有钱和无钱的生活。有钱的受尊敬,生活富裕、快活!……

契尔卡什留心地听着他说,面色严肃,眼睛由于想什么事情而眯缝着,时而露出满意的笑容。

"我们到了!"契尔卡什打断了加夫里拉的话。

一阵海浪把小船举了起来,巧妙地把它推上了沙滩。

"喂,小老弟,现在完事了,要把船拖到远一点的地方去,以免被海水冲走了。有人会来找它的。我和你就再见了!……这里离城大约八俄里。你怎么样?还要回城里去吗?啊?"

契尔卡什的脸上露出和善而狡猾的笑容,他的样子,好像在考虑做一件对自己很愉快而对加夫里拉却很意外的事情。他把手插进口袋里,把里面的钞票弄得窸窣作响。

"不……我……不去……我……"加夫里拉喘不过气来,好像喉咙被什么东西卡住了。

契尔卡什看了看他。

"你哪里不舒服吗?"契尔卡什问道。

"这……"加夫里拉的脸时而发红,时而变成灰色。他踌躇起来,既好像想向契尔卡什扑过去,却又似乎被另一种难以完成的想望打断了。

契尔卡什看见这个小伙子如此激动,心里感到很不舒服。他等待着这种激动的爆发。

加夫里拉开始怪笑起来,发出一种哭号似的声音,脑袋耷拉

大作家讲的小故事

着。契尔卡什看不见他的脸的表情，只模糊地看到他的耳朵一会儿通红，一会儿苍白。

"喂，你见鬼了！"契尔卡什挥一下手说，"你爱上我了吗？怎么像姑娘一样扭扭捏捏呢！……难道你同我分手感到很难受吗？唉，娃娃！你说呀？你怎么啦？不然，我可要走了！……"

"你要走？"加夫里拉大喊一声。

这声喊叫让荒凉的沙岸为之一震，被海浪冲洗过的黄色沙浪也晃动了一下，契尔卡什也颤抖了一下。加夫里拉突然站了起来。扑到契尔卡什脚下，双手抱住他的双腿，把他拉到自己身边。契尔卡什晃动了一下，沉重地坐在沙上，咬紧牙根，一双长手攥紧拳头，在空中猛烈地挥动一下，但还没有来得及打下去，便被加夫里拉羞怯的、恳求的低语止住了：

"亲爱的！……你把这些钱都给我吧！看在基督的分上，给我吧！这些钱对你有什么用呢？……要知道，一夜工夫——只不过一夜……而我呢，——需要几年……给我吧——我要为你祈祷！永生永世——在三个教堂里——祈祷你的灵魂得救！……要知道，你一下子就挥霍完了，我却用在土地上！唉，你把钱给了我吧！钱对你有啥用呢？……难道你在乎它们？一夜你就能发财！你就做做好事吧！要知道，你是沦落了的人，已没有什么前途了……可我呢——啊呀！你就把钱给我吧！"

契尔卡什吃了一惊，又诧异又痛恨，他坐在沙滩上，身子往后仰着，双手支在沙上，直坐着，没有说话，两只眼睛可怕地直盯着小伙子。小伙子脑袋顶着他的膝盖，气喘吁吁地低声哀求着。最后，契尔卡什把他推开，站了起来，一只手插进口袋里，把钱扔给了加夫里拉。

"喏，吞下去吧……"他喊了一声，由于激动和对这个贪婪的奴隶的极端的怜悯而全身颤抖起来。而当他把钞票扔出去之后，却感到自己是一位英雄。

"我本来就想多给你一点。昨天我回想起农村时，就起了同情心……我曾想：我就帮帮这个小伙子吧……我等待着看看你会做什么，看你是不是会求我？而你……唉，真就是一条软骨虫、乞丐！……难道为了钱，就可以这样地作践自己吗？混蛋！贪心的魔鬼！你已完全没有人格了……为了五戈比就可以把自己卖掉！……"

"亲爱的，愿基督拯救你！那么，这些钱现在算归我了吗？……现在我……发财了！……"加夫里拉欣喜若狂，尖声叫喊，颤抖着把钱藏在怀里，"哎呀，你真是亲人！……我永远忘不了你……永生永世！……老婆、孩子，我都叫他们为你祈祷！"

契尔卡什听着他那欢乐的叫号，看着他那容光焕发的、由于贪婪的狂喜而扭曲了的脸，便觉得，尽管自己是一个窃贼，一个举目无亲的流浪汉，却永远不会这么贪婪、下贱和忘乎所以，永远不会成为这种人！……这种想法和感受使他充分意识到自己的自由，使他能在这荒凉的海岸上，在加夫里拉旁边把握住自己。

"你给了我幸福！"加夫里拉喊道，并抓住契尔卡什的一只手往自己的脸上戳了戳。

契尔卡什没有说话，像狼一样龇着牙。加夫里拉还没完没了地说：

"你可知道我原来是怎么想的吗？当我们往这里划船的时候……我就想……用桨打他——也就是打你……给你一下……钱就归我了，把他——也就是把你，扔到海里去……啊？谁会来找他呢？就算是找到了他，也不会有人去追究：死的是谁？怎么死的？这种人，不值得人们为他大惊小怪！……他是世界上不需要的人！

谁会为他申冤呢？"

"把钱交出来！……"契尔卡什掐住加夫里拉的喉咙大喝一声……

加夫里拉试图挣脱，契尔卡什又用另一只手像蛇一样绕住他……嚓的一声，衬衣被撕破了——加夫里拉倒在沙滩上，疯狂地瞪着眼睛，手指在空中乱抓，两腿乱蹬。契尔卡什直立着，干瘦而凶猛，恶狠狠地龇着牙齿，发出碎裂的刺人的笑声，他的小胡子在高颧骨的尖刻的脸上神经质地晃动着。他一生还从来没有受过这么沉重的打击，也从来没有这样暴怒过。

"怎么，你很幸福？"他冷笑着问加夫里拉，接着便转过身去走了，朝城市的方向走了。但是，他还没有走出五步，加夫里拉就像猫一样弓起身子，跳了起来，手臂在空中使劲一抡，向契尔卡什掷去一块圆石头，恶狠狠地大叫一声：

"给你一下！……"

契尔卡什哼了一声，双手抱住脑袋，向前踉跄了一步，向加夫里拉转过身来，便脸朝下倒在沙滩上。加夫里拉愣住了，直望着他。这时契尔卡什动了动脚，试着把头抬起来，但却像琴弦似的抖动了一下，又直挺挺地躺下了。这时加夫里拉连忙跑开了，跑得远远的，跑到那昏暗的、悬挂着毛茸茸的乌云、雾气腾腾的草原上。波浪涌上了沙滩，与沙子融为一体，再涌上去，发出沙沙的声音。泡沫咝咝作响，水花在空中飞溅。

下雨了。开始时稀稀疏疏，很快就变得稠密了，大滴的雨水像一股股细流，从天上流淌下来，它们交织成一张由水线组成的网，这张网立即遮住了草原的远方和大海的远方。加夫里拉就在这张网的后面消失了。很长时间，除了雨水和躺在海边沙滩上的那个高个子外，什么东西都看不见。不过，这时雨水中又出现了奔跑过来的加夫里拉。他像鸟一样，飞也似的跑到契尔卡什跟前，趴在地上动手翻动契尔卡什。他的手触到了温暖的红色的黏液……他战栗了一下，脸色疯狂而又苍白，往后倒退了一步。

"老兄，起——来吧！"他在响亮的雨声中凑在契尔卡什的耳边小声喊道。

契尔卡什清醒了，把加夫里拉推开，沙哑地说：

"滚开！……"

"老兄，饶恕我！这是鬼使我！……"加夫里拉战栗着小声说，一面吻契尔卡什的手。

"走开……滚开……"契尔卡什声音嘶哑地说。

"消除我灵魂里的罪孽吧！……亲爱的，原谅我！……"

"该死的……滚开！……见你的鬼去吧！"契尔卡什突然大叫一声，从沙滩上坐起来。他脸色苍白，气势汹汹，眼睛浑浊，常常闭起来，好像很想睡觉似的。"你还想要什么？你已经干完你要干的事了……滚蛋吧！快滚！"他很想一脚踢开悲痛不已的加夫里拉，但是不行，如果不是加夫里拉抱住他的肩膀、搀扶着他的话，他又要倒下去了。现在，契尔卡什和加夫里拉正脸挨着脸，两个人的脸都苍白而又可怕。

"呸！"契尔卡什朝加夫里拉睁大的眼睛上啐了一口唾沫。

加夫里拉温顺地用袖子擦掉后小声说：

"你怎么做都可以……我没有话说。看在基督面上，原谅我吧！"

"孬种！……连做小偷都不够格！……"契尔卡什蔑视地大声嚷道，从自己的短上衣上撕下一块布，咬着牙，默默地包扎自己的脑袋。"钱拿了吗？"他从牙缝里说道。

"我没拿钱，老兄！我不要！……钱会惹祸！……"

大作家讲的小故事

契尔卡什把手伸进短上衣的口袋里,掏出一扎钞票,除了把一张红票子放回口袋里外,其余全部都塞给了加夫里拉。

"拿去,滚吧!"

"我不拿,老兄……我不能拿!原谅我吧!"

"我叫你拿去!……"契尔卡什咆哮起来,可怕地翻动着眼睛。

"原谅我……我不能拿……"加夫里拉畏缩地说,并跪在契尔卡什脚下那块被大雨冲洗过的湿漉漉的沙滩上。

"你撒谎,你会拿的,孬种!"契尔卡什很有把握地说,并使劲抓住他的头发,把他的脑袋提起来,把钱甩在他的脸上。

"拿去!拿去!你不能白干!拿去,不用怕!不要因为你差一点打死人就不好意思!谁也不会因为你杀死了像我这样的人而去追究的。他们要是知道了,还会谢谢你呢。喏,拿去吧!"

加夫里拉看见,契尔卡什在笑,于是他也变得轻松一些了。他牢牢地把钞票捏在手中。

"老兄,那么你原谅我了?不原谅?啊?"他含着眼泪问道。

"亲爱的!……"契尔卡什也用他的腔调回答他,并摇晃着身子站起来,"为什么呢?没有什么可原谅的!今天你干掉我,明天我干掉你……"

"唉,老兄啊,老兄!……"加夫里拉摇摇头,悲凉地叹了口气。

契尔卡什站在他面前,奇怪地微笑着。他头上包扎着的布有点染红了,活像土耳其人戴的平顶圆形帽子。

大雨如注。大海沙哑地发出哀怨声,浪潮疯狂而又愤怒地拍击着海岸。

两人沉默了一会儿。

"喂，再见了！"契尔卡什嘲讽地说，并动身上路了。

他踉跄着，两腿发颤，并奇怪地扶着脑袋，好像怕脑袋掉了似的。

"原谅我，老兄！"加夫里拉再一次央求道。

"没有什么！"契尔卡什冷漠地答道，迈步走了。

他跟跟跄跄地走着，并一直用左手扶着脑袋，右手则轻轻地捋着自己栗色的小胡子。

加夫里拉目送着他，直到他在雨中消失了。雨越来越稠密，像没完没了的细流，从乌云中倾泻出来，并用不可穿透的浓雾的钢花盖住了草原。

稍后，加夫里拉脱下自己湿漉漉的便帽，画了个十字，看了看捏在手心里的钱，自由地、深深地吁了一口气，把钱藏在怀里，跨着坚定的大步，沿着海岸，朝与契尔卡什相反的方向走去。

海在呼啸，把沉重的波浪抛在沿岸的沙滩上，把浪头粉碎成水珠的泡沫。雨使劲地抽打着海水和土地……风在怒号……四周的一切都充满了怒号声、呼啸声、轰隆声……大雨后面看不见海，也看不见天。

雨和泡沫很快就冲洗掉了契尔卡什躺过的地方上的红色斑迹，冲洗掉了沿岸沙滩上契尔卡什的足迹和年轻小伙子的足迹……在这荒凉的海岸上没有留下可令人想起这两个人之间发生过的那出小悲剧的痕迹。

 赏析与品读

契尔卡什是失业的码头工人，是一个嗜酒成癖的酒鬼，狡猾

大作家讲的小故事

而又大胆的贼，他寻找作案的伙伴不遇，却碰到来城里打工的青年农民加夫里拉。加夫里拉有农民的理想，想娶个媳妇，过老婆孩子热炕头的安稳日子。而契尔卡什一失业便偷盗，有钱一天乐一天。加夫里拉参与了契尔卡什的一次海上偷盗，开始害怕，分赃时却又眼红，乞求契尔卡什不要一夜享受完，给他来实现他农民的温饱理想。最终加夫里拉打败了契尔卡什后，请求他原谅，契尔卡什把钱扔给了加夫里拉，两人分手各自继续各自的道路。

　　从人性角度讲，契尔卡什在拉加夫里拉入伙的时候，有过恻隐之心，不忍把这个青年拉入他的苦难经历中，有过帮小伙子成立稳定的农民式家庭的父亲般感觉，在两人因分赃起冲突时，契尔卡什最终表现出了善良的一面。但他觉得自己没有资格显示出恩人圣人的姿态，只是很快地逃掉了。这是一个个性复杂且鲜明的人物形象，高尔基早期创作中有相当一部分为流浪汉题材，契尔卡什是其中典型的代表人物。

春天的旋律

● 带着问题读一读,你会收获更多 ●

1. 高尔基笔下的老麻雀是怎样的一种鸟?
2. 谁在春天的旋律里谈论爱情?

大作家讲的小故事

在我房间窗外的花园里，一些麻雀在洋槐树的光秃秃的树枝上跳来跳去，并活跃地交谈着，而在相邻房顶的马头形的木雕上，却蹲着一只享有荣誉的乌鸦，她一面听着这些灰色小鸟的谈话，一面傲慢地摇摇头。充满阳光的温暖的空气把每一个声音都送进了我的房间里，我听见小溪急促的不大响亮的流水声，听见树枝发出的轻轻的沙沙声；我听得明白那些鸽子在我窗帘架上咕咕地絮叨些什么。于是，春天的音乐与空气一起，流进了我的心田。

"唧——唧唧！"一只老麻雀对伙伴们说，"瞧，我们又等到了春天的来临……不是吗？唧唧——唧唧！"

"是——事实，是——事实！"乌鸦庄重地伸长脖子，表示同意。

我很了解这只稳重的鸟：她说话总是简明扼要，而且必定是正面肯定的，她像大多数乌鸦一样，天生愚笨，而且胆小，但是她在社会上却占有一个优越的地位：每年冬天她都要为那些贫鸦和老鸽子搞一些"慈善"活动。

我也了解这只老麻雀，尽管从外表上看，他似乎有点儿轻率，甚至是自由主义者，实际上他却是一种十分聪明的鸟。他在乌鸦身边跳来跳去，做出敬重的样子，而内心深处却极其瞧不起乌鸦，任何时候都免不了说她几句坏话。

这时窗帘架上那只爱打扮的年轻的公鸽正热情地劝说着一只温雅的母鸽：

"如果你不与我共同分享我的爱情的话，我就会绝望地死——死去，死——去！"

"您知道吗，太太？那些金翅雀飞回来了！"麻雀报告说。

"是——事实！"乌鸦回答道。

"他们飞回来了，吵吵嚷嚷，东游西逛，叽叽喳喳，是一群

非常不安静的鸟儿！山雀也跟他们一起出现了。像往常那样……嘿——嘿——嘿！您知道吗？昨天我开玩笑地问过其中的一只金翅鸟：'怎么样，亲爱的，你们飞出来了？'他却很不礼貌地回答了我。这些鸟儿对交谈者的官衔、称号和社会地位毫不尊重……我不过是个七品文官的小家雀……"

不过，就在这个时候，一只年轻的乌鸦突然出现在房顶烟囱的后面，他小声地报告说：

"我忠于职守，留心地倾听了栖息于空中、水中和地下的那些生灵的谈话，严密地注意他们的行动，现在荣幸地向诸位报告，前面说到的那些金翅雀正在谈论春天，大自然似乎很快就要更新了。"

"唧——唧唧！"麻雀叫了一声，心神不定地看着告密者，乌鸦则善意地摇摇头。

"春天已经来了，而且来了不止一天了。"老麻雀说，"至于说到整个大自然的更新……这，当然是愉快的事……假如能得到那些主管部门的允许的话……"

"是——事实！"乌鸦说，温厚地看了对方一眼。

"对上述意见我应作补充的是，"大公鸦接着说，"有些金翅雀表示不满，是因为供他们饮水止渴的小溪似乎有点儿浑浊。其中有几个金翅雀胆大妄为，甚至梦想自由……"

"啊，他们向来如此！"老麻雀说道，"这是因为他们年少无知。这毫不可怕！我也年轻过，也幻想过……梦想过自由……"

"梦想过……什么？"

"梦想过……宪——宪——宪——宪……"

"宪法？"

"只不过梦想过，只是梦想罢了，先生！自然，只是简单的梦

大作家讲的小故事

想,不过后来这一切就过去了,出现了另一个'它',更加实际的'它'……嘿——嘿——嘿!您知道吗?也许对麻雀来说,更为愉快、更为必要的'它'……嘿——嘿……"

"嗯——哼!"突然响起了一种有力的哼哼声。在菩提树的树枝上出现了一只四品文官的灰雀,他宽厚地向鸟儿们行了个礼,便叽叽喳喳地叫起来:

"喂,先生们,你们没有注意到空气里有股什么气味吗?喂……"

"是春天的空气,大人!"麻雀说。乌鸦则郁闷地把头歪在一边,用温柔的声音叫了一声,像是绵羊的咩叫:

"是——事实!"

"嗯,是啊……昨天在玩牌的时候,一只世袭的受尊敬的猫头鹰也对我说过同样的话……他说:'是有一种气味……'我回答说:'让我们查一查,闻一闻,分析分析!'有道理吧,啊?"

"是,大人,完全有道理!"麻雀毕恭毕敬地赞同说,"大人,任何时候都要等待,稳重的鸟儿总是在等待的……"

一只云雀从天而降,落在花园里溶了雪的地上,他关心备至地跳来跳去,嘟哝道:

"曙光用温柔的微笑把星星熄灭在夜空中,黑夜正在变白,在颤抖,于是沉重的夜幕如同太阳下的冰块一样,渐渐消失了。充满希望的心跳得多么轻松,多么甜蜜,迎着太阳,迎着早晨,迎着光明和自由……"

"这——是——一只什么鸟儿?"灰麻雀眯缝着眼睛问道。

"是云雀,大人!"大公鸡在烟囱后面严厉地答道。

"是个诗人,大人!"麻雀俯就似的补充道。

灰雀斜视了诗人一眼,吱吱扭扭地说:

"哼……一个多么灰色的……坏蛋！他在那儿好像胡吹了一通什么太阳、自由之类吧？啊？"

"是的，大人！"乌鸦肯定地说，"他是想在年轻的小鸟心中唤起那些毫无根据的希望，大人！"

"可耻而又……愚蠢！"

"完全正确，大人！"老麻雀应和道，"愚蠢极了！自由，大人，是某种不确定的、可以说是不可捉摸的东西……"

"可是，如果我没有记错的话，好像您本人也曾经诉诸它？"

"是——事实！"乌鸦突然叫道。

麻雀感到有些狼狈。

"的确，大人，我有一回也诉诸它……但那是在为了减轻罪过的情况下……"

"啊哈……那是怎么一回事呢？"

"那是在午饭之后，大人！是在葡萄酒热气的影响下，也就是说在它的压力下……发生的，而且是有限制的诉诸，大人！"

"是怎么说的？"

"我小声说了：'自由万岁！'然后立即大声补了一句：'在法律规定的范围内！'"

灰雀看了乌鸦一眼。

"是，大人！"乌鸦回答说。

"我，大人，作为一只老麻雀，不能允许自己对自由问题采取认真的态度，因为这个问题并没有列入我有幸任职的那个部门的研究范围之内。"

"是——事实！"乌鸦又喊了一声。

其实，对她来说，不管肯定什么，反正都一样。

一条条小溪正沿着街道流泻着，它们轻声唱着关于大河的歌

大作家讲的小故事

曲。小溪在不远的将来，在路途的终点，将汇合到大河里去。

"浩瀚、急速的波浪将会迎接我们，拥抱我们，把我们带进大海，或许，那灼热的太阳的光线重又把我们送上天空，在夜空里，我们重新化为寒冷的露水，变成一片片大雪花，或倾盆大雨，落到大地上……"

太阳，灿烂可爱的春天的太阳，在明亮的天空中，正在微笑，这是充满着爱和燃炽着创造热情的上帝的微笑。

在花园的一个角落里，栖息着一群金翅雀，其中有一只正鼓舞人心地为伙伴们唱着一首不知从什么地方听来的关于海燕的歌。

赏析与品读

这是高尔基的一篇政治童话，粗看起来，并不是那样机智巧妙，只是几只鸟儿谈论春天，谈论爱情，谈论宪法，但细读能品味出其中沉闷的原因——在四品文官灰雀的追问下，热烈的讨论变成了吞吞吐吐的话语。那是种很让人尴尬的状态，鸟儿们的需求和热望，与四品文官威胁的探究，在这春天活泼的气息里，很不协调，但鸟儿们在角落里，却在唱着海燕的歌。通过作品，读者能感到春天气息的来临，虽然有四品文官的压抑，可春天毕竟在发出声音了。

高尔基曾在《海燕》里用海燕的形象代表追求自由的精灵，海燕不怕狂风暴雨，而是欢呼让暴风雨来得更猛烈些吧，向独裁统治阶级发出了挑战，激励了一代代追求自由的人们。文末"海燕的歌"正是隐喻了反抗压迫和追求自由的召唤。

鹰之歌

● 带着问题读一读，你会收获更多 ●

1. 鹰选择了什么样的方式结束生命？
2. 鹰有怎样的精神？

大作家讲的小故事

大海,懒洋洋地在岸边喘息,沐浴着淡蓝色月光在远方静静地睡着了。柔和的、银白色的大海同蓝色的南方的天空融合在一起,深深地熟睡了,映现出一片像羽毛一样的云彩的透明织锦,云彩也静止不动,却掩盖不住星星的金色的光纹。天空似乎越来越低地俯在海面上,好像想听明白,那些无精打采地往岸上爬的不安分的波浪,喃喃地在说些什么。

山上长满了树木,它们被东北风吹得歪歪扭扭;山峰峻峭地屹立在树木上面一片荒凉的碧空中,其严峻的轮廓在披上了和暖、温馨的南方之夜的雾霭之后,变得浑圆了。

崇山煞有其事地沉思着,把黑色的影子投在华美的浅绿色的浪峰上,并且把它们裹住,仿佛要制止浪峰的这种唯一的动作,仿佛要压低那不停息的波浪的拍溅声和浪花的叹息声——所有这些声音都破坏了四周的神秘的寂静,这周围不仅充满了寂静,还弥漫着当时尚隐藏在山顶后面的那浅蓝色月亮的银光。

"啊——阿拉——啊哈——啊——阿克巴尔!……"老牧羊人纳狄尔-拉吉姆-奥格雷轻轻地叹着气说,他是克里米亚人,高个子,白头发,皮肤被南方的太阳晒黑了,瘦瘦的,是个聪明的老头。

我跟他一起躺在一块巨石旁边的沙地上,这块巨石是从一座祖山割裂出来的,被罩在阴影里,长满了青苔——是一块悲伤的、忧郁的石头。巨石的一面朝向大海,海浪把泥沙和海藻都抛在它上面。巨石积满了这些东西,仿佛它已被拴在这个把海和山隔开了的狭长的沙滩上了。我们的篝火的火焰照亮了巨石朝山的那一面。火焰在颤抖,它的影子沿着布满密网似的深深裂痕的古老石头奔跑。

我和拉吉姆用我们刚刚捉到的鱼做鱼汤。我们两人都有这样一种心情:好像一切东西都是透明的、有灵性的,可以让人透彻了

解，而且我们的心也非常纯洁、轻松，除了愿意思索之外，再没有其他欲望了。

　　大海亲热地抚弄着海岸，波浪发出如此亲切的声音，仿佛在请求我们放它们到篝火边去取暖似的。有时在共同的和谐的拍溅声中可以听到一个更高、更顽皮的调子——这就是更勇敢更近地爬到我们跟前来的那个波浪。

　　拉吉姆胸朝下俯身躺在沙滩上。他用胳膊肘支着身体，把脑袋搁在手心里，若有所思地望着浑浊的远方。毛茸茸的羊皮帽滑到他后脑壳上。海上的凉风吹拂着他那布满细小皱纹的高高的前额。他高谈阔论起来，也不管我是否在听他说话，好像他是在跟大海说话似的：

　　"信奉上帝的人进天堂。而不信上帝、不信先知的人会怎么样呢？也许，他就在这浪花里面……也许，这水面上的银白色的斑点就是他……谁知道呢？"

　　阴沉的、汹涌激荡的大海亮起来了，海面上有些地方还出现了随意洒落的月光。月亮从毛蓬蓬的山峰后面冒了出来，现在正踌躇不决地把它的光线洒落在轻轻地叹息着前来迎接它的海上，洒落在我们旁边的岸上和石头上。

　　"拉吉姆！……你讲个故事吧……"我向老牧羊人央求道。

　　"为什么要讲故事？"拉吉姆没有转过身来问道。

　　"就是想听！我喜欢听你讲故事。"

　　"我已经把所有的故事都给你讲过了，再也没有了……"他这是要我去求他，于是我又求他。

　　"你想听的话，我就给你讲一首歌吧！"拉吉姆同意了。

　　我愿意听古老的歌。他极力保持着歌曲的独特的旋律，用沉郁的宣叙调讲起来。

大作家讲的小故事

一

"一条黄颔蛇爬到高山上,躺在潮湿的峡谷里,它身子盘成一圈,眼睛望着大海。

"在高高的天空中阳光四射,崇山把热气吹上天空,山下,海浪拍打着岩石……

"一股激流顺着峡谷,穿过黑暗和喷沫,急剧地奔向大海,使岩山发出了轰隆的响声。

"这股激流全身泛着白色的喷沫,又白又猛地把山切开,怒吼着落进海里。

"突然,在黄颔蛇蜷缩着的峡谷里,从天上掉下一只鹰,它胸部受伤,羽毛带血……

"鹰短促地叫了一声,摔在地上,含着有气无力的愤懑,用胸膛去撞击坚硬的石头。

"黄颔蛇吓了一跳,连忙躲开,但它立即就明白过来:这只鸟过不了二三分钟就要死了……

"黄颔蛇爬到受伤的鸟的跟前,直接对着它的眼睛发出咝咝的声音:

"'怎么,你要死了?'

"'是的,我要死了!'鹰回答说,深深地叹了口气,'我光荣地活过了!……我懂得幸福!……我勇敢地战斗过!……我看见过天空……你却没有我那么近地看见过天空!嘿,你是可怜虫!'

"天空算什么呀?——一块空虚的地方……我干吗要爬到那儿去?我这儿就很好……又温暖又潮湿!'

"黄颔蛇这样回答了爱自由的鸟,并在内心里嘲笑鹰所说的这些梦话。

"黄颔蛇是这样想的：'不论飞也好，爬也好，结局都很清楚：大家都要躺在土里，大家都要变成尘土……'

"可是这只勇敢的鹰突然抖了一下翅膀，稍稍抬起身子，两眼扫了一下峡谷。

"水从灰色的岩石中渗透出来，阴暗的峡谷令人憋闷，并充满霉烂气味。

"鹰竭尽全身气力，悲伤而痛苦地大叫一声：

"'啊，如果我能再飞上天去一次！……我就把敌人紧紧地压在我的受伤的胸口上，并且……用我的血把他呛死！……啊，战斗的幸福！……'

"黄颔蛇却在想：'既然它这样地哼哼，想必在天空中生活也真的是愉快的！……'

"于是它对爱自由的鸟建议说：'那你就爬到峡谷的边上去，从那儿跳下去。也许你的翅膀会把你托起来，这样你就还可以最如意地再活一会儿。'

"鹰震颤了一下，骄傲地大叫一声，用爪子沿岩石的黏土滑过去，走到悬崖边。

"鹰到了那儿，展开翅膀，深深地吸了一口气，两眼放射出光芒——滚下去了。

"它像石头一样，沿峭壁滑了下去，很快就落到了下面，翅膀折断，羽毛脱落……

"激流的浪涛接住了它，洗去了它身上的血，用浪花裹住了它的身体，迅速地把它带到海里去了。

"海浪发出悲壮的吼声撞击着巨石……在无边无际的大海里已看不见鹰的尸体……"

大作家讲的小故事

二

"黄颔蛇躺在峡谷里,久久地想着鹰的死和鹰对天空的那股热情。

"它望了望那远方,即那个永远用幸福的梦想去安慰眼睛的地方。

"'这只死去的鹰在这个无底无边的空野里看见了什么呢?为什么像它这一类的鸟临死还要用在天空飞翔的钟爱来折磨自己的灵魂呢?它们在天空中看见了什么呢?其实只要我飞到天上去哪怕一会儿,我就会一切都明白了。'

"说到做到。它把身子卷成一个圆圈,向空中一跃,像一条带子似的在阳光里闪了一下。

"生成爬行的东西,是飞不起来的!……它忘记了这一点,所以摔在石头上。不过它没有摔死,而是放声大笑起来……

"'原来这就是飞上天空的妙处!妙就妙在——掉下来!……可笑的鸟儿们,它们不懂得土地,厌恶土地,竭力想飞向高空,要去炎热的空野里寻找生活。那里只有空虚,那里有许多阳光,但没有食品,也没有能够支撑活的身体的东西,为什么要骄傲呢?为什么要责备呢?为什么要用骄傲来掩饰自己的愿望的疯狂,并拿责备来掩护自己对生活事业的无能呢?可笑的鸟啊!……可是,现在它们的话再也骗不了我了!我什么都明白了!我——看见过天空了……我飞到天空去过,探测过天空了,也知道掉下来是怎么一回事,不过我没有摔死,而是更坚定地相信自己了。就让那些不能爱土地的东西靠谎言过日子去吧。我懂得真理,我决不相信它们的号召。我是土地的造物,——我就靠土地生活。'

"于是它又高傲地在石头上盘成一团。

"大海闪着亮光,充满灿烂的光华。波浪凶猛地拍打着海岸。

"在雄狮般的怒吼中鸣响着赞美高傲的鸟的歌声。在海浪的撞击下,岩石在战栗,威严的歌声使天空震颤:

"我们歌颂勇士们的狂热!

"勇士们的狂热——就是生活的智慧!啊,勇敢的鹰啊!你在跟敌人的战斗中流尽了血……但是将来总有一天——你的每一滴热血都会像火花一样,在人生的黑暗中燃烧起来,在许多勇敢者的心里燃炽起对自由、光明的狂热的渴望!

"你虽然死了!可是在勇敢、倔强的人的歌声里,你将永远是活的榜样,是追求自由、光明的骄傲的号召!

"我们歌颂勇士们的狂热!……"

……大海在蛋白色的远方静下来了。海浪以唱歌似的调子拍打着沙滩,我也默默地眺望着大海的远方。水面上出现了越来越多的来自月光的银色斑点……我们的小锅轻轻地沸腾起来了。

有一个波浪嬉戏似的跳上岸来,挑衅性地喧闹着爬到拉吉姆的头上。

"你往哪儿窜?……退回去!"拉吉姆朝波浪挥手说,那波浪便顺从地退回海里去了。

拉吉姆这种把波浪当成有灵性的东西看待的行为,我并不感到奇怪和可笑。周围的一切都显得极有生气、温柔、亲切。大海极其平静,使人觉得,山上虽然还没有退去白天的暑气,而大海吹到山上的新鲜气息中,却隐藏着许多强大的、含蓄的力量。在深蓝色的天空中,星星的金色花纹显示出一种庄严的、使灵魂着魔的以及由于甜蜜地期待某种启示而令人思绪不宁的东西。

一切都昏昏欲睡了,但这种睡意仍处于紧张、敏感的状态,好像下一秒钟一切都会动起来,会发生无法表达的甜美音响的谐音,这些音响会讲述关于世界的秘密,向人们的智慧阐明这些秘密,然

大作家讲的小故事

后则像扑灭鬼火似的扑灭人们的智慧，把灵魂高高地引进深蓝色的深渊里，星星的闪烁的花纹就从这深渊里奏响启示的仙乐去迎接灵魂……

高尔基生活在无产阶级革命的时代，他的作品多有歌咏战斗的篇章，如《海燕》。假如我们从现代的眼光来看，鹰对天空的热爱，缘自于它对自我价值的认识，它的价值观里，天空是它翅膀的天堂。而黄颔蛇，它的价值观里，天空只是虚空，什么也没有，它喜欢踏实的草原、山峦、森林等，有所依托的东西。

对斗争的狂热讴歌，使我们认识到那个时代人们追求自由的迫切，以及战斗的残酷。

穆康的传说

● 带着问题读一读，你会收获更多 ●

1. 莫凯马用什么办法让人们见识了他的荣耀？
2. 巴努姬说了什么使莫凯马相信他不会被火烧死？

大作家讲的小故事

流传着一个故事：

哈金·本·赫金，外号叫莫凯马①，是命运和事件之子。当他达到荣誉的顶峰，整个世界——从巴格达到撒马尔汗，从罕大哈到梅尔夫。②——都在高歌他宝剑的功绩，小声议论他的残暴行径时，他派急使走遍整个土尔克斯坦。急使在各集市、各城市高声宣告：

"我，哈金·本·赫金是王中之王，是真理之王。我无所不知——知道世界上的一切事情和思想。各民族都聚集在我的周围，你们要知道，全世界的统治权、威力和荣誉都属于我。谁跟我走，他就能升入天堂；谁离开我，他就要堕入黑暗的地狱！"

这些狂妄的话传到了上帝那里，上帝笑了笑说：

"没有体验过善行的喜悦，生活在想象中的人是渺小的！"

为了惩罚他的傲慢，上帝给他派去一个女人。

传说是这样：

女人在太阳升起的时候出现在这个狂人的帐篷前面，卫兵把她当做是从天上下来的人。

"你是谁？"哈金问她，她却直瞪着他，回答说：

"人们都说，你什么都晓得，那么你就应该晓得我是谁，我来这里是干什么的？"

这时，这个心灵的瞎子说：

"我是想知道知道，你回答我时是否撒了谎。不过，我知道，你来自霍罗桑③，那边盛开着最好的花朵，而且你愿意做我的

---

① 莫凯马，即穆康（阿拉伯语"盖上覆布"的意思），真名是哈金·本·赫金，死于783或785年。
② 巴格达，伊拉克首都；撒马尔汗，苏联一城市；罕大哈，阿富汗南部城市；梅尔夫，中亚古城。
③ 在今中亚地区。

妾。"

"我是从罕大哈来的,"女人谦虚地回答,"但我要做一个你所需要的人……"

"你的名字就叫巴努姬。"莫凯马就这样决定了,接着便把她领到自己的帐篷里,帐幔也在他们身后降落下来——即使是在阴凉下,同女人在一起也是热的。

传说是:

爱吹牛的狂人享受了七个昼夜的爱情。相信莫凯马的威力的五万人又聚集到帐篷前,人们开始问他:

大作家讲的小故事

"大王,让我们见识见识你的荣誉和威严吧!"

他传下命令说:

"摩西①曾想看看我,他都经受不住我的光芒,我向尘世的人们看上一眼,就能使他们丧命!"

但是他们大声喊道:

"只要能看到你的面容,即使死去,我们也心甘情愿!"

这时哈金·本·赫金感到害怕了,他暗自思忖道:

"我该怎么办呢?"

但是上帝让女人识破了他的思想。女人柔顺地忠告自己的主人:

"你去把所有的妻妾召到一起,给她们每人一面镜子,让她们迎着太阳站在帐篷后面的小丘上!"

他照这样做了。当初升的太阳的光芒在千百面镜子上反射过来时,吃惊的人们都跪在地上,苦苦吁求道:

"饶恕我们吧,王啊!别让你的荣耀照瞎了我们的眼睛吧!"

于是,这个不幸的哈金·莫凯马更加傲慢起来,巴努姬却走进人群里,拿出镜子对大家说:

"这就是使你们的王荣耀的东西!就是这个东西!"

但是,人们并不相信她。这时巴努姬回到帐篷里,对莫凯马说:

"他们明白你欺骗了他们,由于悲伤而倒在尘土里了。瞧着吧,他们就要站起来,杀死你,抢走你的珠宝,把你的荣誉同烂泥搅和在一起……"

莫凯马害怕起来:

---

①摩西,《圣经》传说中的先知和立法者。

"我怎么办呢?"

"你什么都知道,"巴努姬说,"你知道,上帝保护你,不会让火吞噬你的生命的;你吩咐人在山上点起篝火,然后你走进火焰里去——这时谁还敢来碰你,谁还不相信你的魔力?"

受惊的狂人照这话做了。

传说是这样:

篝火烧了三天三夜,当琥珀般的炭火被一层白盐似的冰冷的灰烬覆盖之后,人们又来到这里。巴努姬对他们说:

"他投进火里,为的是要洗净自己的谎言,我一直在这里守护着,看他如何从火焰中走出来,但是,他没有出来……"

这就是流传在撒马尔汗的关于一个大骗子灭亡的故事。

赏析与品读

这个故事里,穆康被称为"心灵的瞎子"。他狂妄傲慢,却又

大作家讲的小故事

怯懦而轻信。上帝派去的女人，轻易取得了他的信任，并且一步一步引导他，走向灭亡。最后一句话，"这就是流传在撒马尔汗的关于一个大骗子灭亡的故事"，揭示了作者对穆康的讽刺和批判。

高尔基作为俄罗斯文学巨匠，非常重视对青少年的思想和文学启蒙，为此，他还曾专门创作过《俄罗斯童话》等作品，其作品中也多有以青少年为主人公的。《穆康的传说》篇幅虽然短小，寓意却非常深刻，值得我们认真品读。

柯留沙

● 带着问题读一读,你会收获更多 ●

1. "她的眼睑往下垂,通常哭得太多,在许多伤心的夜晚不能入睡的人都有这样的眼睑。""她"为什么经常哭泣?
2. 柯留沙为什么撞向马车?

大作家讲的小故事

在墓地的最简陋的一个角落里,在两棵干枯了的白桦树的花边形的阴影里,在那些经过多年风吹雨打崩塌了的坟墓中间的一个坟头上,坐着一位上了年纪的妇女,她身穿一件旧的印花布的连衣裙,头上束一条黑色的头巾。

一绺斑白的头发垂在她那干枯的布满皱纹的左脸颊上,薄薄的嘴唇紧闭着,嘴角往下垂,在嘴的两边形成了一些悲伤的皱褶;她的眼睑往下垂,通常哭得太多、在许多伤心的夜晚不能入睡的人都有这样的眼睑。

我从远处观察她时,她一直坐着不动,当我走近她时,她也还是一动不动,只是抬起她的一双浑浊的大眼睛看了看我,然后又冷漠地垂下眼睛,没有表现出丝毫的猜疑或者窘态,叫我无法猜出来:她究竟愿不愿意我在她面前出现。

我向她打了招呼,并问她:这里埋着的是她什么人?

她客气而又冷淡地回答说:

"儿子……"

"年纪大吗?"

"十二岁……"

"死了很久了?"

"四年前死了……"

她叹了口气,把脸颊上的一绺头发掖进头巾下面去。天气很热。太阳毫不留情地烤晒着这个死人的城池;阳光和灰尘把坟地上的枯草变成了褐色,可怜巴巴的树木沮丧地直立在十字架的中间,它们的身上也覆盖了一层尘土,这些树木立在那里一动不动,好像是已经死了……

"他是怎么死的?"我朝他儿子的坟墓点了点头,问她。

"被马踩死了……"她简短地答道，并用一只满是皱纹的手抚摸一下坟地。

"这是怎么发生的？"

我觉得，我这样问她太不客气了，可是这位母亲的冷淡态度既引起我的好奇心，也让我感到不高兴，受一种神秘的念头的驱使，我想看见她流泪。她的这种冷淡是不自然的，但同时我又看到，她丝毫没有控制自己。

我的问话使她重新抬起头来看我。她默默地把我从头到脚仔细地打量一番，然后轻轻地叹口气，便开始若有所思地、平静地讲起故事来……

"您要知道，是这么一回事。他父亲因盗用公款坐了一年半的牢，在这段时间里，我们把自己的所有积蓄都吃光了，我们的积蓄本来就很少。当他父亲从监狱放出来时，我已经用辣根当柴烧了。一位菜园主把一车没有用的辣根送给了我——我把它们晒干后，搀上一半牛粪一块儿烧，气味很难闻，烧出来的菜汤也有怪味道。那时候柯留沙正在上学，他是个好动的孩子……也很顾家，常常在放学回家的路上拾些木片、木板回来。是啊……已经到了春天，雪融化了，可是他还穿着毡靴，靴子常常湿透了，他把它们脱下来，一双小脚红红的。就在这个时候他父亲从牢里放出来了，坐着出租马车回家，他在牢里就已瘫痪了。他躺在那儿苦笑着，而我则俯在他身边，寻思着：'我们拿什么来养活这个害人精呢？把他扔到街上水洼里去算了！'可是柯留沙看着，并且哭了。他脸色发白，望着父亲，大颗大颗的眼泪从脸颊上流下来，他说：'妈妈，他怎么啦？'我说：'他已经不行了。'……是啊，从这一天起，日子就这样过了，就这样过了，

大作家讲的小故事

先生！我整天火烧火燎似的奔忙，可是即便是在运气好的时候，也不过挣到二十戈比……我真想死去……哪怕是自杀也好。柯留沙看着这一切，他变得多么愁闷啊……有一天，我实在忍受不住了……便说：'该死的生活，死掉才好呢……哪怕你们中死掉一个也行……'我这是指他父亲和柯留沙说的。……父亲点了点头，说：'我很快就要死了，别咒骂了，忍耐一点吧。'而柯留沙看了我一眼，就从屋里走出去了，等到我清醒过来时……已经太晚了！是啊，太晚了！因为，我的老爷啊，柯留沙出去之后还不到一个小时，一位警察便坐着车来了，他说：'你是希申宁娜太太吗？'我立即就猜出要大祸临头了……他说：'请您速到医院去，您的儿子被商人安诺欣的马踩伤了……'我坐车上医院去，坐在马车上我就好像坐在烧红了的铁钉上一样，心里在想：'你这该死的女人，天杀的！'我们来到了医院，他，柯留沙躺在那儿，全身裹着绷带。他微笑着……眼泪却从他的眼睛里流出来……他平静地小声对我说：'妈妈，原谅我！钱在巡官那里。'我说：'柯留沙，上帝保佑你，是什么钱呀？'他说：'是街上那些围观的群众扔给我的，还有安诺欣给的……'我问：'他们为什么给钱？'他说：'就为这个……'他轻轻地呻吟了一声。他的眼睛睁得很大……我说：'柯留沙，亲爱的，你怎么没有看见马车过来呢？'唉，我的老爷啊，他却明明白白地对我说：'我看见了它……马车……不过……我不愿意跑开。我想，如果我被压了，他们会给我钱的。他们真的给钱了……'瞧……他就是这样说的。我明白了，我懂得他的心思，真是一个天使，可是晚了。第二天清早他就死了……临死前，他神志清醒，他一直在说：'妈妈，去给爸爸买这个买那个，也给你自己买一些，去买吧……'好像有很多钱似的。

钱——的确有四十七卢布。我去找过安诺欣，可是他只给了五个卢布……他还骂人：'大家都看见了，这小孩是自己跑到马底下去的，你还想向我要钱？'我以后再也没有到他那儿去过。老爷，整个事情就是这样。"

她不说话了，仍然像讲故事前那样冷漠、干枯。

墓地上清静而又荒凉。十字架，直立在十字架中间的那些枯萎的树木，坟堆，悲哀地坐在一座坟头上的冷漠的妇女——这一切使我想起了人们的哀伤，想起了死亡。

无云的天空是晴朗的，它散发着干燥和炎热。

我从衣兜里取出一点钱，交给了这个虽然还活着，心却由于不幸而麻木了的妇女。

她点点头，声音慢得出奇地对我说：

"就不麻烦您了，我的老爷，我今天的钱已经够了……我其实需要的并不多，现在……我就一个人，一个人活在世界上……"

她深深地叹了口气，又把自己两片薄薄的被悲伤扭歪了的嘴唇紧紧地闭上了。

赏析与品读

高尔基以残酷的笔法写了一个孩子对家庭的爱。父亲出狱后是瘫痪的，妈妈挣不到足够的糊口钱，她晕了头脑咒骂："你们哪怕谁去死一个也好。"然后就发生了男孩儿柯留沙见马车不躲，宁愿被轧，要给妈妈挣来钱的场景。

他死了。而妈妈，并不是要钱的人，当她只一人活在世界上的

大作家讲的小故事

时候，她不再需要了。她要钱，是为要养活家里的人。

在社会分配不公，社会救助不够，整个社会也不富裕的状态下，发生这样的悲剧也是难免。它让我们心痛的是，男孩柯留沙愿以自己的生命换取父母哪怕一时的需求，表现出柯留沙的善良。

肯斯科伊家的大娘

● 带着问题读一读,你会收获更多 ●

1. "人们也闪开她,皱着眉头,用睥睨的眼神送老大娘走开。"人们为什么不喜欢肯斯科伊家的大娘?
2. 肯斯科伊家的大娘为何宁可偷窃也不乞讨?

大作家讲的小故事

傍晚时分我进了城。朵朵红云把房屋上空染得绯红。在静止的空气中悬浮着玫瑰色的灰尘。

这是礼拜六,教堂里响着召唤人们做彻夜祈祷的钟声。一个留胡子的光脚的小市民用木棍赶着一头大猪和七头杂色的小乳猪,从一个破旧的小教堂的围墙里走出来。

这小教堂被许多新建的石房夹在死胡同里。教堂大门对面,一动不动地站着一位妇女,她穿一身黑色连衣裙,扎一块褪成红褐色的黑头巾,正在不安地数着铜币,一边数一边放在掌心上,摞成一个小圆柱。她望了望灰蒙蒙的天空,又看了看钟楼的蓝色屋顶,撅着又厚又黑的嘴唇,重新数起来。

我走进一家小饭馆,要了一瓶啤酒,望着窗口寻思:有什么可诅咒,有什么可祝福的呢?

我还很年轻,为了寻找稳定的平衡,我四处奔波。我觉得,生活在莫名其妙地捉弄我,让我看到它那令人厌恶的、侮辱人的丑恶现象。有阅历的人劝我祝福的东西,我感到无聊、平淡无味、死气沉沉;而叫我去诅咒的东西,却正是我所喜欢的。

总之,我什么都不明白。有时候我觉得我的脑子里没有任何思想,就像空气中只有灰尘一样,光有五颜六色的小球在浮游、在跳跃,除此别无他物。最糟糕的是,我好像对那些认为自己什么都懂的聪明人越来越不信任了。我又窘又蠢,就像这个正在用头冲撞玻璃的苍蝇一样——看上去似乎没有什么东西,可就是无法穿过去。

在空荡、寂寞、打扫得干干净净的街道上走着一个不寻常的老大娘,她走路有点儿像鸟飞,忽升忽降,身体弯曲得出乎寻常,看着别扭;碰到人们时便胆怯地往后躲闪或跳到一旁去。人们也闪开她,皱着眉头,用睥睨的眼神送老大娘走开。

她的步态真的像任性的、敏捷的燕子的飞行。五颜六色的烂衫在她那瘦小、轻飘飘的身体上摆动，整个人都裹在破布片里。在鸟头似的灰头发上挂着许多纸条子，这使她更像鸟了。她的脑袋在细脖子上惊慌地转动，尖削的鼻子在嗅什么东西。短短的下颚不停地颤动，咀嚼着空气；黑皮肤的下巴长着一撮灰毛。裙子下摆上密密麻麻地、大概是有意地装饰着花花绿绿的补丁。隐约可以看见肮脏的赤脚和野兽般的爪子。这双爪子在路灯柱子、短桩、篱笆和房墙下抽搐地乱抓一气。

在这个奇怪的生物身上，很少发现有人的东西。它像神话中的怪物、畸形的杜撰，而且好像眼睛也瞎了：它们藏在黑洞洞的深窝里，藏在浓密的、郁郁不乐的一字眉下面。现在她穿过街道，蹦一跳地回来了，走到了窗户下面。

我问饭馆老板：

"这是谁？"

"是肯斯科伊家的大娘，"他以一种外省人谈论本地名人纪念碑时才有的那种骄傲的口气回答说，"在辛比尔斯克有卡拉姆津，在喀山有杰尔查文[①]。"

饭馆老板是一位老人，身体保养得很好，有一张演员或厨师式的光滑的脸。他满口假牙，一脸殷勤的幸福的微笑。

我虽然没有请他，但他却兴致勃勃，乐意地甚至还好像赞叹不已地讲起了"肯斯科伊家的大娘"的故事来。

有一个叫肯斯科伊的人，记得是一个公爵，一个青年人，从国外回来埋葬自己的继父，丧事办完后，爱上了一个女艺人，和她一起很快就把继承的遗产花光了。他觉得再活着没有意思，就朝自己嘴里开了一枪，但是没有打死，只打掉了自己的舌头，打穿了脖

[①] 指该二城中的这两位俄国作家的纪念像。

大作家讲的小故事

子,又活了下来,成了哑巴,脑袋也歪到了一边。他受重伤躺在自己的贵族老房子里时,继父的亲戚——一个姑娘,贵族女子中学的学生来服侍他,把他治好了,使他恢复了健康。她同他生活了十一年,为他生了五个孩子。

肯斯科伊在世的时候,靠她教音乐和绘画挣点钱,变卖家里的家具和东西养活他和孩子们。肯斯科伊去世的时候,两层楼的十三个房间里的东西已全部卖光了。"大娘"和孩子们挤在两间屋里。

饭馆老板带着满意的微笑说道:

"全都卖光了。孩子们睡在地板上,她自己也躺在地板上。有时去偷点干草、麦秆,完全变野了……"

饭馆老板用一种油腻腻的嗓音,一面感叹,一面赞赏地说:

"连一面镜子也没有,什么都没有!好心肠的人关心的是:她为什么要自讨苦吃呢?据说是要维持这个家族,据说是为了这样的家族不能断了后,因为肯斯科伊家族多次拯救过俄罗斯。这当然是胡说八道:哪里有什么拯救俄罗斯呢?俄罗斯是谁也不能抢去的。俄罗斯不是一匹马,吉普赛人偷不走它。"

"肯斯科伊家的大娘"在城市街头奔波了二十八年,青筋毕露,像一条饥饿的母狼,抖动着颚骨,四处奔走,并且总是在小声嘟哝些什么。

"虽说她很凶,可还是不断地祈祷。"

她衣衫褴褛,变得野蛮,以至于"规矩人"都不让她到自己家里去。她再也不能去教小孩音乐和绘画了。为了养活自己的孩子,她到人家菜园里偷蔬菜,到阁楼上捉鸽子,偷鸡。夏天便去采集酸模、可吃的草根、蘑菇和野果。在冬天的夜晚,她冒着暴风雪到森林里去偷木柴,拆围墙木板,为的是即使烧热那已倾斜了一半的房子里的一个炉子也好。全城都为"大娘"的用之不竭的精力感到惊讶，甚至对她的偷窃行为，人们好像也不去追究。

"不过，有时也挨点打，但是从来没有人要把她送到警察所去！人们可怜她。"

城里人感到奇怪的是，她并不向人乞讨。人们甚至为此对她深表敬意。但谁也没有在生活上帮助她。

"那是为什么呢？"我问道。

"怎么跟您说呢？大概是因为她已经变得十分凶狠和高傲，人们想看一看，她到底能高傲到几时吧。现在，从人们开始施舍她算起来已经有四个年头了。现在她已经完全疯了。您以为她为什么会发疯呢？您可以想象，是为了孩子！她大声叫喊：'我的孩子生来是要做皇帝的：鲍里斯做波兰皇帝，季玛做保加利亚皇帝，萨沙做希腊皇帝。她就是这样说的！可我们却要揍这些皇帝，因为他们全都像母亲——一窝小偷。

"鲍里斯卡[1]还是个驼子，他小时候曾从窗户上摔下来。季莫费[2]是个傻子，亚历山大[3]是个聋哑人。还有一个小的，也是败类。主要的是，他们都是小偷，而鲍里斯在这方面特别厚颜无耻，只有老大克里尼达有点出息，他在屠宰场当屠夫，这个人老老实实、闷声不响，为有这样的母亲和兄弟而感到丢脸，不同他们住一起，不认他们。不久前他同一个洗衣妇结了婚。可'大娘'还是到处窜，东奔西走，寻觅食物，养活她这群寄生虫。可真不简单。甚至大主教也感到惊奇，他说：'你们瞧，真是无穷的忍耐力，你们应当向她学习。'给她施舍也得有点本领才行，因为她怕见人，拒绝与我们接触，叫人'滚开'！"

---

[1] 鲍里斯卡是鲍里斯的小名。
[2] 季莫费是季玛的正名。
[3] 亚历山大是萨沙的正名。

大作家讲的小故事

金丝雀叫得震人耳膜，它那小小的黄色翅膀下的一小块肌肉和细嫩的骨头里隐藏着一种惊人的力量。金丝雀的叫声总使我想起驴子的嚎叫。

饭馆老板是个性情温和的人，很健谈，生活过得十分顺当。我没有留意他讲到什么地方中断了"肯斯科伊家的大娘"的故事而讲起他自己的事情来了。

"我命运中的一切不痛快的事都会由愉快来补偿。我和妻子生活了十七年，相亲相爱；但是她在世时，我一直牙痛，于是我就把它拔掉了——真受罪！而妻子死了后，当年我的牙就不痛了。就是说，事情都是有个平衡的。抱怨是很不应该的……"

显然，他忘记了，他现在镶的是假牙。

"您看，您看，波兰皇帝一拐一拱地走过来了！"

在街心，一双罗圈腿驮着一大捆麦秆慢慢地移动着，麦秆用树皮绳子捆得乱糟糟的，麦捆下面看不见人，只有一双蜘蛛脚似的细腿，左腿的裤脚管撕破了，露出了难看地歪向一边的赤裸的膝盖。

"瞧。"饭馆老板说，并有礼貌地笑一笑：

"嘿——嘿——嘿……"

……夜晚，透过树木，可以看见呆板的月亮和几点星星，星星一颗远似一颗。电线发出嗡嗡的响声，我头顶上是一片湛蓝的天空，从哪里吹来的灰尘，有一种腐烂的气味。

我来到一座正面有三根被剥蚀了的圆柱的两层楼房跟前，二层楼上的窗户敞开着，窗框都拆开了，木头也拆了，一部分砖头已坠落下来，窗框变成了齿形，还有许多窟窿，里面的黑暗有如一股冷烟，仿佛要朝街上冒出来。房子周围什么也没有，既没有围墙，也没有杂房；在宽阔的大门口只剩下拆毁了的砖柱子。这座房子就像是从城市被扔到了荒漠似的。

五个窗户，其中的两个也没有窗框，只有被折断了的框架，塞满了砖头。穿过三个窗户中靠边的一个的浑浊的玻璃，透出一点黄红色的灯光。屋里尽管闷气，这扇窗户却关闭着，甚至在外面用板子斜钉死了：显然是因为窗框已经腐朽，无法把它打开了。

窗户外面一片嘈杂声，这声音像狗吠和嗥叫；好像有人在哭泣；两个嗓子抢着喊叫：

"黑桃十……"

"你撒谎，是大王……"

"两个戈比！"

"去你的，绝不给……"

从房子的一角慢慢地走出一个幽灵似的模糊的人影，好像是用四条腿走路。仔细一看，原来是"肯斯科伊家的大娘"；她猫着腰从地上拾起东西，放进衣襟里；听得见她在唠叨。现在她正走到我的跟前，差不多碰到了我的脚，她急速地直起了腰，把木片、木条朝我扔过来，大声喊道：

"啊——该死的……"

这是一种不正常的、非人的喊叫；人是不会也不该这样喊叫的。

"肯斯科伊家的大娘"很像一个十六七岁的少年，也许是因为她只穿着一件内衫的缘故。她身体弯成一个直角，从地上抓起一把尘土和垃圾扔在我的身上，并用刺耳的嗓子叫唤：

"孩子们，孩子们……"

我听到了赤足的脚步声，便走开了。我的背后是一片愤愤然的呼喊声：

"把她拉走……"

"哎，疯子……"

大作家讲的小故事

"谁把她放出来的?"

一个青年的低沉的男低音骂出了俄罗斯最下流的骂人话。

……天亮了。我坐在街心花园的一张长凳上,很想问问什么人:

"为什么要有这个'肯斯科伊家的大娘'以及和她类似的人?谁需要人间这种毫无意义的苦难?"

赏析与品读

这应该是一篇有趣味的小说,高尔基用苦难的笔法写出,让人不忍卒读。一个女人抱着虚幻的骄傲,侍奉一个"据说多次拯救了俄罗斯的家族"的没落贵族,她宁愿用偷盗来操持她的骄傲,拒绝任何人的帮助和交往。而她所骄傲的"皇帝"儿子也都是小偷、窃贼。

没落贵族是俄罗斯的一个现象,曾有富贵和荣誉如云而去,而坚持自己的"贵族范儿",不肯混同于普通老百姓,只得靠变卖祖产为生。这是篇讽刺寄生虫的小说,高尔基以尖刻的笔法,讽刺所谓的贵族荣誉感,揭露了"人间这种毫无意义的苦难"。

因为烦闷无聊

● 带着问题读一读，你会收获更多 ●

1. 小站职工如何捉弄戈莫佐夫和阿林娜？
2. "……你是我的亲人！——要知道，你是我的……"这段话表达了阿林娜怎样的心情？

大作家讲的小故事

旅

客列车吐出一股股灰色的浓烟,像一条巨大的爬虫,消失在草原的远方,消失在黄色的麦海里。火车的轰隆声同烟雾一起在酷热的空气中融化了;接连的几分钟里,它打破了广阔而又荒凉的草原上那冷漠的沉寂。平原的中间有一个小火车站,孤零零的,让人产生一种忧伤感。

火车沉闷的却是富有生气的轰隆声响彻四方,在晴朗无云的天空下消失了,于是车站四周又笼罩在一种令人压抑的静寂里。

草原一片金黄色,天空是蓝盈盈的。不论是草原还是天空都无限广阔。车站的棕色建筑物就在它们的中间,使人产生一种印象,犹如一位缺乏想象力的画家,在苦心地画好的一幅令人忧郁的画面上偶然涂了一笔,从而破坏了整幅画的中心。

每天上午十二点和下午四点都有从草原开来的列车到站,并停留两分钟。这四分钟就是车站的最重要的也是唯一的消遣了:它们给车站职工带来各种印象。

每一趟列车都载着各不相同的一大群人,穿戴各式各样。他们只出现一会儿,在车窗里露出他们疲倦的、不耐烦的、冷漠而又平淡的脸。铃响了,汽笛鸣了,他们又同火车的轰隆声一道奔向草原,奔向远方,奔向那沸腾着热闹生活的城市。

站上的职工饶有兴味地观看着那些旅客的脸孔。列车开走后,他们便彼此交换他们匆匆地捕捉到的种种观感。他们的四周是一片静默的草原,草原的上面是淡漠的天空,而在他们的心里却有一种模糊的妒忌感:那些旅客每天都从这儿奔向什么地方去,而他们却依然留在这里,被禁闭在荒漠里,好像被隔离在生活之外了。

瞧,火车开走了,他们却仍旧站在月台上,目送着那条消失在金黄色麦海里的黑带子,并默默地追忆着在他们面前飞驰而去的生活印象。

他们几乎全在这儿了：站长是一位温厚的胖子，有一头淡黄色的头发，留着哥萨克式的长胡髭；他的副手是一个火红色头发的年轻人，有一撮尖尖的小胡须；车站看守人鲁卡，个子矮小，机灵而又狡猾；还有一个扳道工戈莫佐夫，身材敦实，留着大胡子，是一个沉默寡言的庄稼人。

站长的妻子坐在车站门口的一张长凳子上，她是一个又矮又胖的女人，很怕暑热。婴儿在她双膝上睡着了，他的小脸蛋也像母亲一样又胖又红润。

列车在斜坡下面不见了，就像是钻进了地里。

这时站长转身对妻子说：

"怎么样，索尼娅，茶炊生好了吗？"

"当然。"她懒洋洋地小声回答道。

"鲁卡！你过来，去把路基和月台打扫一下……瞧见没有——他们扔了多少乱七八糟的东西……"

"知道了，马特维·叶戈罗维奇……"

"喂，尼古拉·彼得罗维奇，怎么样，咱们喝茶吗？"

"照常。"副站长答道。

一天两班列车开过去之后，马特维·叶戈罗维奇便问妻子：

"怎么样，索尼娅，午饭做好了吗？"

然后他又向鲁卡发出老一套的命令，并招呼在他家搭伙的副站长说：

"喂，怎么样，咱们吃午饭？"

"随便……"

他们从月台来到房子里。房子里有很多花，家具却很少，散发着厨房的气味和婴儿尿布的气味。他们围着桌子坐下来，谈论着刚才他们身边掠过的种种印象。

大作家讲的小故事

"尼古拉·彼得罗维奇,你注意到没有,二等车厢里那位穿黄色衣裳的黑发女子?真是个销魂的尤物!……"

"是不赖,不过穿戴不入时。"副站长说。

他说话总是简短而自信,自认是懂得人生又受过教育的人。他中学毕业。他有一个黑色布面的小笔记本,把偶然在书上和报纸小品上看到的各种名人名言抄录在本子里。在与职务无关的一切事情上,站长都毫不争辩地承认他的权威,并认真地听他说话。他尤其喜欢尼古拉·彼得罗维奇笔记本里那些深奥莫解的东西,并且总是天真无邪地赞赏它们。副站长关于黑发女人穿戴不入时的意见却引起马特维·叶戈罗维奇的疑问。

"难道你认为黄色对黑发女人不合适吗?"

"我说的是她的衣服样式,而不是颜色。"尼古拉·彼得罗维奇解释说,一边小心翼翼地从玻璃瓶里取出一些蜜饯放在小碟子上。

"衣服样式——这就是另一回事了!……"站长同意道。

站长的妻子也加入了谈话,因为这个话题与她有些关系,她也能够理解。不过这类人的脑子向来不大灵活,所以他们的谈话毫无生气,也很少动感情。

窗外是一片沉浸在静谧里的草原和显得庄严肃穆的傲慢的天空。

几乎每小时都有货车经过,不过押车的全都是熟人。所有这些列车员都昏昏欲睡了,他们被枯燥乏味的草原旅途弄得筋疲力尽。不过,他们有时也讲一些铁路线上发生的事故,例如在某某地段压死人了,或者讲些工作上的什么新闻:这个人挨了罚,那个人被调了工作。这些新闻并没有引起人们去讨论,大家都把它们吞下去了,就像美食者吞食稀有佳肴一样。

太阳慢慢地从天空落到草原的边上,当它快要碰到地面时,便逐渐地变成红色。草原被罩上一抹浅红色的亮光，使人产生一种忧郁感和想要离开这个荒漠奔向远方的欲望。接着太阳触到了地面，懒洋洋地走进地里或地球的后面了。太阳落下后，天空中还许久地、轻轻地鸣奏着晚霞的绚丽多彩的音乐，不过颜色已越来越淡，温暖和静穆的黄昏开始了。星星闪出亮光，并且颤抖着，就像是被地上的寂寞吓坏了似的。

黄昏里草原缩小了，黑夜悄悄地从四面八方爬进了车站。夜来了，漆黑、阴沉。

车站亮起了灯光。臂扳信号机上的浅绿色灯光比所有的灯光更高更明亮。它的周围则是一片黑暗和静寂。

时而响起钟声——这是火车到站的信号。急促的钟声传到草原，并很快地在那儿消失了。

钟声响过后，很快便有一道闪亮的红光在黑暗的远方飞奔过来；朝被黑暗包围着的孤零零的车站开过来的火车发出低沉的轰隆声，使寂静的草原颤动起来。

车站上这个小社会的下层人的生活与贵族的生活有些不同。看守人鲁卡老想跑回去看看他的妻子和兄弟，他们住在离车站有七俄里远的农村里。那里有他的家务事。每当他求那个老成持重、沉默寡言的扳道工戈莫佐夫替他"值班"的时候，他都这样说。

戈莫佐夫每次听到"家务事"这个词时，总是沉重地叹口气，对鲁卡说：

"没有什么，你去吧！不错，家务事是要照料的……"

另一个扳道工阿法纳西·雅戈德卡是个老兵，有一张滚圆的通红的脸和一头银白色的硬毛，他是一个爱嘲笑人的、凶狠的人。他不相信鲁卡的话。

"家务事！"他讥讽地扬声道，"老婆！……我晓得那是什么

大作家讲的小故事

意思……你老婆是一个寡妇吗？或者是一个兵的老婆吧？"

"嘿，你这个鸟总督！"鲁卡轻蔑地回敬他。

他把雅戈德卡称作鸟总督，是因为这个老兵非常喜欢鸟。在他的小屋里，里里外外到处都挂着鸟笼、鸟箱；在他的屋里及周围，整天都有不停的鸟叫声。被他关起来的鹌鹑不倦地唱着单调的"皮季——皮洛季"，椋鸟喃喃地做着它们那冗长的演说，杂色小鸟也叽叽喳喳，又啾又唱——这一切使老兵的孤独生活得到了一些安慰。他把所有的空闲时间都花在这些小鸟身上了，而且十分亲切、关心地照料它们，而对同事们却丝毫不感兴趣。他管鲁卡叫做"黄颔蛇"，管戈莫佐夫叫做"喀查普"①，而且毫不客气地当面说他们是"好色之徒"，该挨一顿揍。

鲁卡不大在意他的话，不过，要是真的把他惹火了，鲁卡就会狠狠地把老兵臭骂一顿，而且骂得很久。

"你这个灰色的丘八，拾老鼠牙慧的东西！你懂得什么？你是个窝囊废，你一辈子就会趴在大炮下面赶蛤蟆和看守团里的大白菜……你有资格发议论吗？快回到你的鹌鹑那儿去吧，你这个鸟司令！"

雅戈德卡静静地听完看守人的辱骂后，就跑去站长那里告状，而站长却嚷起来，认为不该拿这些鸡毛蒜皮的事去打搅他。于是雅戈德卡又亲自找鲁卡去回骂一顿——不动声色地、平静地用最难听的下流话骂他。鲁卡听了后，啐了一口唾沫，立即跑开了。

戈莫佐夫则用叹息回敬老兵的谩骂，并有点难为情地表白说：

"有什么法子呢？对这种人毫无办法……当然……这太放肆了，不过，顺便说一说，你别论断别人，免得你被论断②……"

---

① 过去乌克兰沙文主义者对俄罗斯人的蔑称。
② 参见《新约·马太福音》第七章第一节。

有一次老兵讥笑地回答他说:

"雅可的喜鹊对任何人都唱同一个调子!①别议论,别议论……可是如果不议论的话,大家就无话可说了……"

车站上除站长的妻子外,还有一个女人——厨娘。她的名字叫阿林娜,年龄不到四十岁,长得很丑:身材矮壮,奶子下垂,身上总是很脏,衣服破破烂烂;她走起路来拖着步子,摇摇晃晃,麻脸上一双惊慌失措的小眼睛闪着亮光,周围布满皱纹;她那难看的面貌上有一种奴隶性的受虐待而不敢反抗的表情,两片厚厚的嘴唇总是叠在一起,仿佛在哀求所有人的宽恕,跪在他们的脚下,却哭不出声来。戈莫佐夫在车站住了八个月,并没有特别注意阿林娜,每次遇见她,都只对她说一声"你好!"她也同样地回答他,他们说上两三句话便各自走开了。可是有一次,戈莫佐夫来到站长厨房里,请阿林娜替他缝缝衬衫。她同意了,而且衬衫补好后,还亲自给他送了过去。

"这就多谢了!"戈莫佐夫说,"三件衬衫,每件十戈比,所以我得给你三十戈比……对吗?"

"是的……"阿林娜答道。

戈莫佐夫思索着,沉默了一阵子。

"你是哪一省的人?"后来他问这个一直看着他的胡子的女人。

"我是梁赞省人……"她说。

"那是很远的地方!你是怎么到这儿来的?"

"是这样……我一个人……孤独一人……"

"那就还可以走得更远些……"戈莫佐夫叹了一口气。

---

① 这是一句俄文俗语。

大作家讲的小故事

他们又沉默了许久。

"我也一样。我是尼日戈罗德省谢尔加奇县人……"戈莫佐夫说,"我也是孤身一人,孑然一身。不过我以前有过家,也有过老婆……有两个孩子。老婆死于霍乱,孩子们也就这样完了……而我……也由于悲痛而垮下来了。是的,后来我也试图重新建立一个家——可是不行,机器散架了,不中用了。于是我就跑出来了……离开了自己的道路……瞧,我已经挣扎了两年多了……"

"没有了自己的窝是很难受的。"阿林娜小声地说。

"可不是吗!……你是一个寡妇吗?"

"我还是个姑娘……"

"哪能呢!"戈莫佐夫公开表示不相信。

"真的,我还是个姑娘,"阿林娜坚定地说。

"你怎么还没有结婚呢?"

"谁肯娶我呢?我什么也没有……能给谁好处呢……再说,我又长得很丑……"

"是——啊……"戈莫佐夫若有所思地拖长声音说,捋了捋自己的胡子,开始注意地打量着她,然后又问她挣多少工资。

"两个卢布五十戈比……"

"那么……好,我再给你三十戈比怎么样?你听我说……晚上十点钟你来拿钱……好吗?我给你钱……我们一起喝茶,聊聊天,解解闷……我们俩都是孤身一人……你就来吧!"

"我来。"她简短地说一句,就走了。

后来,她十点钟准时地来到他那儿,而离开他的时候已经天亮了。

戈莫佐夫再没有叫她来,三十戈比也没有给她。她自己到他这儿来了。她无怨无悔地恭顺地站在他面前。他正躺在床上,看了看

她,把脸转向墙去,对她说:

"你坐吧。"

她坐下后,他便警告她说:

"我说,你得保守这个秘密。不能让任何人知道!否则,对我很不好……我已不是小青年了,你也是一样……明白吗?"

她肯定地点了点头。

他送她出来的时候,又拿衣服给她缝补,并再一次提醒她说:

"不能让任何一个人知道——任何一个!"

他们就这样姘居了,向所有人隐瞒着自己的关系。

阿林娜夜晚悄悄地走进他的房里时,几乎都是爬着去的;他则俯就似的以主宰者的态度对待她,有时还公然地对她说:

"你长得真丑!"

她对他只好默默地笑一笑——一种惨淡的、愧悔的笑,而且她离开时几乎总是要带一些他给她的活计回去。

他们不常见面。不过,戈莫佐夫有时在车站上什么地方碰见她时,就低声对她说:

"你今晚过来……"

于是她便温顺地到他那儿去,麻脸上带着一种严肃的表情,就像她要去完成一种义务,而且明白这一义务的重要性。

回家的时候,她脸上又现出平时那种愧悔和惊恐的呆板神色。

有时她会在一个什么角落里停下来,或者就在一棵树的后面,久久地望着草原。那儿是一片黑夜,森严的静寂使她心里害怕起来。

有一天,站长和副站长送走了晚班车后,就在花园里马特维叶戈罗维奇住宅窗前,在白杨树的浓荫下举办一个茶会。

在炎热的日子里他们经常举办这样的茶会,这样总可以让单调

大作家讲的小故事

的生活显得多样化一些。

他们说完了火车给他们带来的种种印象后，便喝喝茶，不做声了。

"今天比昨天还热。"马特维·叶戈罗维奇说，一只手把空杯子递给妻子，另一只手擦着脸上的汗水。

妻子接过茶杯后说：

"这是因为烦闷无聊，所以觉得更热……"

"嗯！也许是吧……的确……这种时候玩玩牌多好……不过，我们只有三个人……"

尼古拉·彼得罗维奇耸耸肩膀，眯缝着眼睛，清楚地说：

"按叔本华①的说法，玩纸牌是各种思想的破产。"

"说得妙！"马特维·叶戈罗维奇感动地说，"这是谁？思想破产……对，对！是谁说的？"

"是叔本华，一个德国人，哲学家……"

"哲学家？哼……"

"这些哲学家是干什么的——是在各大学里做事吗？"索尼娅伊万诺夫娜有点好奇地问道。

"这我怎么跟您说呢？这不是官衔，而……可以说是，天赋……人人都可以当哲学家……只要他生来就善于思考，对一切事物有追根究底的习惯。当然大学里也有哲学家……不过要成为哲学家也不难……甚至在铁路上做事也可以成为哲学家。"

"在大学里工作的人是不是收入很高？"

"那就要看他的才学了……"

"如果现在有第四个人的话，我们就可以开心地玩'文特'②

---

① 叔本华（1788—1860），德国唯心主义哲学家。
② "文特"是当时俄国人很喜欢玩的一种纸牌游戏。

了。"马特维·叶戈罗维奇叹息道。

谈话又中断了。

云雀在蓝天里歌唱,红胸鸲在白杨树中间跳跃,并轻声地啾鸣。房间里孩子在啼哭。

"阿林娜在那边吗?"马特维·叶戈罗维奇问道。

"当然在……"妻子简短答道。

"这个阿林娜是个古怪的婆娘。您发现没有,尼古拉·彼得罗维奇……"

"古怪是平庸的第一印象。"尼古拉·彼得罗维奇好像自言自语地说,带一种思想家若有所思的样子。

"怎么说?"站长活跃起来,问道。

尼古拉·彼得罗维奇开导似的把刚才那句格言重说一遍,并甜蜜地眯缝着眼睛,而索菲娅·伊万诺夫娜则懒洋洋地说:

"您对读过的东西记得多么好……可我读过之后,第二天就是打死我,我也什么都记不起来了……例如不久前我在《田地》①上读过一篇很有趣、很可笑的东西——可到底是什么呢?我连一个字也记不得了!"

"这是一种习惯。"尼古拉·彼得罗维奇简单地解释说。

"不,这要比那人说得更好……他叫什么来着?叔本华……"马特维·叶戈罗维奇微笑着说,"可见,一切新的东西都要变旧!"

"也可以是相反,因为有一位诗人说过:'是的,节约乃是生活的智慧:一切新的东西都来自旧的东西。'"

"呸,见鬼!您这话就像是用筛子筛过似的!"

---

① 当时在彼得堡发行的一份周刊。

大作家讲的小故事

马特维·叶戈罗维奇满意地笑出声来，他的妻子也温存地笑了笑。尼古拉·彼得罗维奇则有点儿受宠若惊，忙不迭想掩饰内心的高兴。

"关于平庸的话是谁说的呢？"

"是巴里亚进斯基①说的，一位诗人。"

"另一句呢？"

"是福法诺夫②说的，也是一位诗人。"

"都是些机灵鬼！"马特维·叶戈罗维奇赞扬两位诗人说，脸上带着满意的笑容，并拖长声调地重复了这两个对句。

烦闷无聊好像在捉弄他们——时而放松，时而抓得很紧。于是他们都不说话了；天气很热，加上喝了茶，他们都气喘吁吁了。

草原上——只有太阳。

"对，刚才我提到了阿林娜。"马特维·叶戈罗维奇想起来说道，"这是个古怪的婆娘。我看着她，感到很奇怪，好像有什么事情使她很沮丧：不笑，不唱，也不大说话……像根木头一样。不过她做事做得很好，而且，你们知道，她跟列利亚玩得很投机，她对这个小孩很关心……"

他说话的声音很小，不愿意让隔窗的阿林娜听到他的话。他知道，不能夸奖女佣，免得她骄傲起来。妻子意味深长地皱起眉头，打断了他的话：

"喂，你算了吧……你并不全了解她！"

　　我是爱情的奴隶，
　　我软弱无力

―――――――
① 亚·巴里亚进斯基（1798—1844），俄国十二月党诗人。
② 康·福法诺夫（1862—1911）。俄国诗人。

我斗不过你，

　　啊，我的魔鬼！

　　尼古拉·彼得罗维奇一边用茶匙在桌上打着拍子，一边小声地用宣叙调哼了起来。他在微笑。

　　"什么，什么事？她……嘿，嘿，你们俩又在胡扯什么啦！"

　　于是马特维·叶戈罗维奇哈哈大笑起来。他的两颊不停地抖动着，汗滴从脑门上迅速往下掉。

　　"这其实一点儿也不可笑！"妻子制止他说，"第一，她是在照料孩子；第二，你看看她烤出什么样的面包？又酸又焦……为什么呢？"

　　"是——的，面包的确没有烤好……需要提醒她！不过，真的，那件事……我可真是没有料到！她是在害相思病！唉，见鬼！那么对方是谁呢？是鲁卡什卡[①]吗？我得好好嘲弄他一下，这个老鬼！或者是雅戈德卡？是这个下巴剃得精光的家伙？"

　　"是戈莫佐夫……"尼古拉·彼得罗维奇简短地说。

　　"真的——吗？这么一个老成持重的乡下佬？哦——哦？你这不是——在编造吧，啊？"

　　这个极其滑稽的故事引起马特维·叶戈罗维奇极大的兴趣，他时而哈哈大笑，笑得流出了眼泪，时而又严肃地说，必须严厉申斥这对情人，后来又想象了他们之间柔情蜜意的情话，并再次震耳欲聋地大笑起来。

　　他终于兴奋得不可自抑了。这时尼古拉·彼得罗维奇做出严肃的面孔，索尼娅·伊万诺夫娜则急剧地打断了丈夫的话。

[①] 鲁卡什卡即鲁卡。

大作家讲的小故事

"呵哈,这些魔鬼!嘿,我还要嘲笑他们一番!这太有趣了……"马特维·叶戈罗维奇仍安静不下来。

鲁卡来了,他报告说:

"有电报……"

"我就来。给四十二次列车发信号。"

他和副站长连忙向车站走去。鲁卡正急切地断断续续敲钟发信号。尼古拉·彼得罗维奇坐到仪器旁边,询问下一站:"我可以发出四十次列车吗?"站长则在办公室里走来走去,微笑着并且说:

"我们得嘲弄他们一番,这些鬼东西……反正,为了解闷,哪怕笑一笑也好……"

"这当然可以!……"尼古拉·彼得罗维奇一边操着电键,一边同意道。

他知道,哲学家应该简洁地表达自己的意思。

他们很快就找到了嘲弄的机会。

一天晚上。戈莫佐夫来到阿林娜的地窖里。原来阿林娜听从戈莫佐夫的命令,在站长夫人的同意下,在地窖里堆放的各种无用家私的中间安放一张床。地窖里又冷又潮湿,而那些断了腿的椅子、破桶、破木板及各种破旧东西在黑暗中现出种种可怕的形状。在这些东西中间,阿林娜感到十分害怕,怕得几乎不能睡觉。

她躺在麦秸捆上,睁大眼睛,不断地背诵着她还记得的祈祷文。

戈莫佐夫来了,默默地、久久地压紧她,搂住她,后来他累了,就睡着了。但很快地阿林娜就用惊恐的耳语叫醒他:

"季莫费·彼得罗维奇!季莫费·彼得罗维奇!"

"嗯?"戈莫佐夫在睡梦中问道。

"我们被锁住了……"

"什么，什么？"他跳将起来问道。

"他们来了，并……把门锁上了……"

"你胡说！"他吃惊而又恼怒地说，把她从自己身边推开。

"你自己去看看吧。"她恭顺地说。

他站起来，迎面碰着各种各样的东西，走到门口，推了推门，沉默了一会儿，阴沉地说：

"这是老兵干的……"

门后面响起了欢快的哈哈笑声。

"放我们出去！"戈莫佐夫大声央求道。

"什么？"响起了老兵的声音。

"我说，你放我们出去……"

"等到早晨再放你们……"老兵说，并走开了。

"我要去值班……鬼东西！"戈莫佐夫愤怒而又恳求地喊道。

"我替你值班……听见吗，你就待着吧！……"

于是老兵走了。

"唉，狗东西！"扳道工沮丧地嘟哝道，"等着瞧吧！……反正你锁不住我……还有站长呢……看你怎么对他说？他会问：戈莫佐夫哪儿去了？看你怎么回答他吧……"

"也许这是站长本人叫他干的。"阿林娜绝望地低声说。

"站长？"戈莫佐夫吃惊地重复了一句，"他干吗要这样做？"他沉默了片刻后对她吼起来："你胡说！"

她深深地叹了口气。

"这会闹出什么事来呢？"扳道工问道，在靠门边的一个木桶上坐下来，"我多么丢人啊！都是你，你这丑妖精，都是因为你……呜——呜！"

他捏紧拳头，朝她发出呼吸声的方向做了一个威胁的手势。她

大作家讲的小故事

没有做声。

他们的周围又潮湿又黑暗——充满酸白菜气味的黑暗。还有一种刺鼻的辛辣的味道。从门缝里射进来一道月光。门后则是一列隆隆响的货车离站了。

"女妖精,你干吗不做声?"戈莫佐夫恼恨而又轻蔑地说,"我现在该怎么办呢?你干完好事就不做声了?魔鬼,我们怎么办?我到哪里去躲避这种羞愧呢?唉,我的老天爷!我怎么会跟这个女人搞在一起呢!……"

"我请求你原谅。"阿林娜小声说。

"那又怎么样?"

"或许,他们会宽恕……"

"那又有啥用呢?就算他们宽恕你,又能怎么样?还不照样是丢脸,不是吗?人家不还是要取笑我吗?"

沉默了一阵后,他又开始责备她、骂她。时间却残酷地过得非常慢。后来阿林娜用发颤的嗓子哀求他:

"你就原谅我吧,季莫费·彼得罗维奇!"

"饶恕你,就得敲你的脑袋!"他咆哮起来。

接着又是一阵静默,对于被关在黑暗里的两个人来说,这是一种阴郁的、被木然的痛苦压倒了的静默。

"上帝啊!但愿天快点亮吧。"阿林娜痛苦地哀求说。

"你闭嘴……我会叫你看到天亮的!"戈莫佐夫威胁她说,又开始难听地责骂起她来。接下去又是静寂和沉默的折磨。越是接近天亮,时间就越加残酷,好像每一分钟都走得很慢,以便欣赏这两个人的可笑处境似的。

戈莫佐夫打起瞌睡来了,不过后来还是被地窖旁边的一只公鸡的啼叫声惊醒了。

"喂,你……妖婆!你睡着了?"他哑着嗓门问道。

"没有。"阿林娜深深地叹口气答道。

"你还是睡着了好!"扳道工讥讽地建议说,"嘿,你啊……"

"季莫费·彼得罗维奇,"阿林娜几乎是尖声地叹息道,"你就别生我的气了!可怜可怜我吧!我就一个人,孤单单的一个人!你是我的……你是我的亲人!——要知道,你是我的……"

"你别嚎——别惹人发笑了!"戈莫佐夫严厉地制止了这个女人歇斯底里的低声哀求。这一哀号多少使他的心肠软了些,"你就别说了……你有点傻……"

于是他们又默默地等着慢慢到来的每一分钟。可是一分钟一分钟过去了,却没有给他们带来任何东西。

终于门缝里现出了阳光,光线穿透了地窖里的黑暗。很快地在地窖的旁边便响起了脚步声:有人走近门口,站了一会儿又走开了。

"折——磨人的魔鬼!……"戈莫佐夫难受得叫起来,并啐了一口痰。然后又是沉默的紧张的等待。

"主啊!……饶恕我吧……"阿林娜小声地说。

好像有人悄悄地走到地窖跟前来了……门锁响了起来,接着听见了站长的严厉的声音:

"戈莫佐夫,你拉着阿林娜的手出来,喂,快点儿!……"

"你过来!"戈莫佐夫小声说。阿林娜低着头走到他跟前,站在他的旁边。

门打开了。站长站在门口,他向他们鞠躬,并且说道:

"我祝贺你们新婚!请吧!音乐——奏起来!"

戈莫佐夫刚迈出门槛,便站住了。一阵荒诞的怪叫声弄得他脑

大作家讲的小故事

袋发晕。门后面站着鲁卡、雅戈德卡和尼古拉·彼得罗维奇。

鲁卡拿拳头敲着一只水桶，用山羊叫似的男高音喊叫着；老兵吹起他的弯筒喇叭；尼古拉·彼得罗维奇则鼓着双腮，嘴唇做成喇叭状，一只手在空中挥动着：

"嘭！嘭！嘭——嘭——嘭！"

水桶震颤作响、弯筒喇叭嗥叫、狂号，马特维·叶戈罗维奇捧腹大笑。

戈莫佐夫站在他们面前，失魂落魄，脸色灰暗，颤抖着的嘴唇带着难堪的微笑。副站长尼古拉·彼得罗维奇看见他的样子也哈哈大笑起来。阿林娜则像一块石头，一动不动地站在戈莫佐夫的后面，脑袋耷拉在胸前。

　　阿林娜向季莫费
　　倾诉了甜言蜜语……

鲁卡一面胡编乱唱，一面对戈莫佐夫做出种种难看的鬼脸。老兵则跑到戈莫佐夫跟前，把弯筒喇叭凑近他的耳边吹了又吹。

"喂，去吧……喂……挽着她的手！……"站长大声喊道，笑痛了肚子。他的妻子坐在台阶上，摇晃着身子，尖声叫起来：

"莫佳①……够了……哎呀！笑死我了。"

　　为了瞬间的幽会
　　我甘愿受罪！

尼古拉·彼得罗维奇就在戈莫佐夫的鼻子底下唱道。

---

① 莫佳是马特维的爱称。

"新婚夫妇万岁！"当戈莫佐夫向前迈步的时候，马特维·叶戈罗维奇领头喊起来，于是四个人便齐声高呼："万岁！"其中老兵用怒吼的男低音在喊。

阿林娜跟在戈莫佐夫的后面，抬着头，张着嘴，两只胳膊垂在身子两边。她的眼睛无神地看着前面，但未必看见了什么东西。

"莫佳，叫他俩……接吻！……哈，哈，哈！"

"新郎新娘，苦啊！①"尼古拉·彼得罗维奇大声喊道，而马特维·叶戈罗维奇甚至靠在了一棵树上，因为他笑得站不住了。水桶仍在隆隆响，弯筒喇叭还在嚎、在玩闹，鲁卡一边扭摆着，一边唱道：

你啊，阿林娜，
给我们煮了一锅稠稀饭！

尼古拉·彼得罗维奇又把嘴努成喇叭状：

"嘭——嘭——嘭！特拉——达——达！嘭！嘭！特拉——拉——拉！"

戈莫佐夫走到工人集体宿舍门口就溜走了。阿林娜却留在院子里，被一些疯狂的人包围着，这些人又是吼，又是笑，在她的身边吹口哨，高兴得发狂似的在她周围蹦蹦跳跳。她站在他们面前，一张麻木的脸，蓬头乱发，邋里邋遢，又可怜，又可笑。

"新郎跑了……可……她还留下来。"马特维·叶戈罗维奇指着阿林娜大声对妻子说，重又笑得抽搐起来。

阿林娜向着他转过头来，走到集体宿舍旁边，直往草原走去。口哨声、叫喊声、笑声也跟随着她。

① 俄国风俗中，人们要新人接吻时，就喊一声："苦啊！"

大作家讲的小故事

"够了!打住吧!"索尼娅·伊万诺夫娜喊道,"让她清醒过来,还要准备午饭呢。"

阿林娜走进草原,走进那个划归铁路用的地带,铁路后面是一块像鬃毛似的麦田。她走得很慢,仿佛是一个深深地陷入了沉思的人。

"怎么样,怎么样?"马特维·叶戈罗维奇又向参加了这一玩笑的那些人问道。他们相互讲述了关于新婚夫妇行为的细枝末节。大家都笑了。尼古拉·彼得罗维奇甚至立刻找到了一句应景佳句:

嘲笑你觉得可笑的事
实在不是一种罪过!①

他对索尼娅·伊万诺夫娜说,并庄重地加上一句:"但是,笑得太多却是有害的!"

这一天,车站上的人笑得很多,却吃得很坏,因为阿林娜没有回去做饭,午饭是站长妻子自己做的。不过这顿不好的午饭并没有破坏大家的兴致。戈莫佐夫直到值班前都没有从集体宿舍里出来,而他一出来,便被叫到站长办公室里去,在那里尼古拉·彼得罗维奇开始盘问戈莫佐夫是如何"勾引"自己的美人的。

在场的马特维·叶戈罗维奇和鲁卡都哈哈大笑。

"就你的别出心裁而言,这是第一等的罪过。"尼古拉·彼得罗维奇对戈莫佐夫说。

"是罪过。"这个老成持重的扳道工皱起眉头苦笑着说。他明白,如果他能在讲到阿林娜时,稍微取笑她几句,那么他们对他的

---

① 摘自俄国作家尼·卡拉姆辛(1766—1862)的《致普列肖耶夫》一诗。

嘲笑就会少一些。于是他说：

"最初是她向我递眼色的。"

"她向你递眼色？！哈——哈——哈！尼古拉·彼得罗维奇，您想想看，像她这样的丑八怪居然对他递眼色？妙哉！"

"是的，她递眼色，而我看见了，心里想——不行！然后她又说：'你想要我替你缝缝衬衫吗？'"

"可是，'问题的实质不在于缝纫'……"尼古拉·彼得罗维奇指出，并向站长解释道，"您知道，这是涅克拉索夫①的诗句，引自他的《富女与贫女》一诗……季莫费，你接着讲吧！"

于是季莫费又继续说，开始时他还克制着自己，后来慢慢地谎话越说越带劲，因为他看出来，说谎对他有利。

然而，他所谈论的这个女人这时已经躺在草原上了。她走进麦海的深处，然后便沉重地扑倒在地上，许久地、一动不动地躺在地里。太阳烤晒着她的背脊。当火热的阳光使她再也不能忍受时，她便翻过身来，胸口朝上地躺着，并用双手遮住脸，不要看见天，天太光明了，也不要看见天后面的太阳，太阳太光辉了。

在这个被羞辱压倒了的女人的四周，麦穗发出干枯的沙沙响声。无数的草螽无休止地、孜孜不倦地吱吱叫着。天气很热，她试着背诵祈祷文，却背不出来。一张张狞笑的丑脸在她眼前旋转着，耳朵里回响着鲁卡的山羊式的男高音，还听见弯筒喇叭的吼声和哈哈笑声。由于这一切，也许由于炎热，她胸口感到紧缩，于是她解开短衫，让自己的身体任日光去照晒，希望这样能让自己呼吸得舒畅一些。太阳烤晒她的皮肤时，有一种类似胃灼热的感觉从胸口窜上来。她沉重地喘着气，间或嘟哝一句：

---

① 尼·涅克拉索夫（1621—1877），俄国著名诗人。

大作家讲的小故事

"主啊！……饶恕我吧……"

对她的回答只有麦穗的干枯的沙沙响声和草螽的吱吱声。她把头抬到麦浪之上，看见了麦浪的金色光波的起伏，看见了矗立在离车站很远的峡谷里水塔的黑色烟囱，看见了车站建筑物上的屋顶。在被蔚蓝色天顶笼罩着的无垠的黄色平原上再没有别的东西了。于是阿林娜觉得，就她一个人躺在大地上，躺在大地的中心，任何时候任何人都不会来分担她那孤寂的重负了——任何时候，任何人……

傍晚前，她听见有人在喊：

"阿林娜——娜！阿利什卡，见——鬼！……"

一个是鲁卡的声音，另一个是老兵的声音。她希望听到第三个人的声音，但他没有唤她，于是她哭了，大量的眼泪迅速地从麻脸流到胸口。她哭着，把裸露的胸脯贴在干燥、温暖的土地上，为的是要把越来越使她难受的胃灼热压下去。她哭了一会儿就不哭了，并极力抑制住呻吟，好像怕别人听见了会不让她哭似的。

后来夜降临了，她站起来，慢慢地朝车站走去。

来到车站，她背靠着地窖的墙，两眼望着草原，在那里站了很久。一列列货车来了又走了。她听见老兵在给列车员讲述她的丑事，并听见他们哈哈大笑，笑声远远地传遍荒凉的草原。草原上可以隐约地听见斑黄鼠的吱吱叫声。

"主啊！饶恕我吧……"女人叹着气说，紧紧地靠在墙上。但是这些叹息却不能减轻压在她心头的重负。

凌晨，她小心地偷偷走进车站的顶楼，在那里她用晾晒衣服的绳子打个套结吊死了。

两天后，人们闻到尸体的气味时才发现了阿林娜。起初大家都吃了一惊，后来便议论起来：在这件事情上谁有罪过？尼古拉·彼得罗维奇无可辩驳地证明，这是戈莫佐夫的罪过，于是站长给了扳道工一个耳光，并严厉命令他不许把事情张扬出去。

官府出面干预了，派人进行了侦讯。结果查明阿林娜患了忧郁病……就叫铁路工人把她抬到草原上埋了。执行了这一任务之后——车站上又恢复了秩序和宁静。

于是车站上的居民又开始过那种一昼夜四分钟的生活。这种无聊、孤寂、闲散和炎热的生活使他们苦恼难耐。他们只好羡慕地望着在他们面前飞驰而去的火车。

……冬天，当暴风雪狂呼怒吼地在草原上肆虐，小小的车站被雪花和疾风的怪叫声淹没后，车站居民的生活就更加烦闷无聊了。

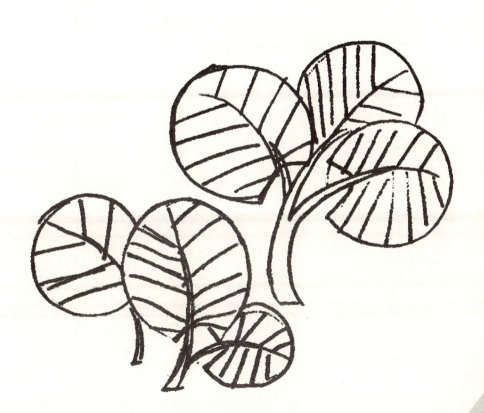

大作家讲的小故事

赏析与品读

高尔基这篇小说里，描写了一个生活枯燥的小站。所有的生活经过这里，却驶向别处，留给人们的只是烦闷无聊。

一个扳道工出于烦闷无聊，和一个丑陋的厨娘，发生了一段亲密的关系，同样烦闷无聊的车站职工，要捉弄他们一下。捉弄的后果是扳道工不得不向同事汇报他勾搭厨娘的过程，让大家在烦闷无聊中一乐。而那被捉弄的厨娘，没人向她说句同情的话，没人关心她的爱情，她觉得丢了丑，自杀了。枯燥的生活中，旁观者制造了恶作剧，恶作剧又造成了死亡。小说结尾，始作俑者扳道工只得了一个耳光的惩罚。作品反映在男女不平等的社会中，最受伤害者，是被动的女人，即使伤害她的是同样处于贫困不堪中的底层人。

草原上

● 带着问题读一读,你会收获更多 ●

1. 细木匠为什么开枪?
2. 谁偷了细木匠的钱?

大作家讲的小故事

我们离开彼列科普时，肚子饿得像狼一样，心情坏极了，痛恨整个世界。在整整一天的时间里，我们用尽了自己的所有的本领和努力，想偷点什么或找点活干，却都不行。最后当我们确信无论如何都没有办法后，便决定继续往前走。往哪儿走呢？总之——往前走就是了。

我们打算完全按我们已经走了很久的生活之路再朝前走——这是我们每个人默默地作出的决定，这种决定明显地流露在我们饥饿的忧郁的目光里。

我们是三个人；我们全都认识不久，是在第聂泊河岸上赫尔松的一家小酒店里相互遇见的。

一个是铁道护路兵，后来好像做过线路领工员，是一个火红色头发、肌肉强健的人，他有一双冷漠的灰色的眼睛，会说德语，并且有着极其丰富的监狱生活的知识。

我们这位兄弟不爱多谈自己的过去，这或多或少是有其充分理由的，所以我们大家都相互信任——至少表面上我们是信任的，因为要说内心的话，那我们每个人连自己也许还不大信任呢。

我们的第二个伙伴是一位干瘦的矮个子，他总是猜疑地瘪着两片薄薄的嘴唇，谈及自己时，说自己曾经是莫斯科大学的大学生——我和大兵都信以为真。实际上，不管他过去是大学生也好，是暗探或小偷也罢，对我们来说都是完全一样的，重要的只有一点，那就是在我们认识时，他和我们是平等的：同样挨着饿，同样受到城里警察的特别注意，受到乡村农民的怀疑，他也同样怀着那种被追赶的饿狼的怨恨憎恶这两种人，梦想对一切人和一切东西进行报复。总之，就其在大自然之王和生活主宰者中间的地位而言，或者就其心态而言，他和我们都是一丘之貉。

第三个人是我。由于我天生谦虚，关于我的长处我一句话也没有说，同时我也不想在你们面前显得天真幼稚，所以我也不讲自己的缺点。不过，也许可提供一点作为对我进行鉴定的材料，我得说，我总是认为自己比别人优秀，而且直至今天我仍然坚持这个看法。

就这样，我们离开了彼列科普，并继续往前走。我们知道，在牧羊人那儿总是能讨到面包的，他们很少拒绝过路人的要求。

我和大兵肩并肩走着，"大学生"跟在后面，他肩上挂着一件类似西服上衣的东西，在他那尖尖的、凹凸不平的、剃得光光的脑袋上，戴着一顶破烂的宽边呢帽，一条带有不同颜色的补丁的灰色裤子裹着他那双小腿；他还把西服的里子搓成绳子，把路边捡来的靴筒子绑在脚掌上，管这种制品叫做"凉鞋"。他默默地走着，扬起许多灰尘，一双绿色的小眼睛闪着亮光。大兵穿着红布衬衣，据他说，这是他在赫尔松"顺手"弄到的，他还在衬衣上面加一件暖和的棉坎肩，头上戴一顶说不出是什么颜色的军帽，按照军人的规矩，"斜扣在右眉毛上边"；他赤着脚，腿上一条旧日乌克兰盐粮贩子穿的肥大的灯笼裤晃来晃去。

我也是这种穿戴，并且光着脚。

在我们的周围，草原像勇士一般张开双臂向四面八方伸展开去，它被无云天空那炎热的蓝色圆顶覆盖着，活像一个放在那儿的黑色大圆盘。灰色的、尘土飞扬的道路则像一条宽大的带子把草原分割开来。道路烫着我们的脚。有些地方可以看到一道道像鬃毛一样的刚刚收割过的庄稼地，就像大兵那许久没有剃过胡子的脸颊一样，像得出奇。

大兵边走边用嘶哑的低音唱着：

……我们歌颂并赞美你的神圣的复活……

大作家讲的小故事

在部队服役期间，他担任过营里礼拜堂领颂员一类的职务，他知道的祭祷歌、赞美诗和短歌多得不计其数，每当我们交谈得有点不带劲的时候，他就滥用起这些知识来。

前面，在地平线上，出现了一些外表柔和、色调温暖的从淡紫色到粉红色的形体。

"很显然，这就是克里米亚群山。""大学生"说道。

"群山？"大兵叫起来，"朋友，你看见它们未免太早了。这是……云彩。你看，它们像加了牛奶的酸果蔓果子羹一样。"

我说，倘若那云彩是用果子羹做成的，那我是最高兴不过了。

"咳，真见鬼！"大兵啐了一口痰，骂道，"哪怕能见到一个活人也好！什么人也没有……我们只好像冬天的狗熊那样去舔自己的脚掌了……"

"我说过了，应该到人烟稠密的地方去。""大学生"用教训人的口吻说。

"你是说过！而你也就是个只会耍耍嘴皮子的学者罢了。这里哪来什么人烟稠密的地方呢？鬼才知道它们在哪儿！"

"大学生"紧闭着嘴，不说话了。太阳落山了，地平线上的云彩在玩弄着无法用语言表达的各种不同的色调，空气中散发着泥土和盐的气味。

这种干燥、好闻的气味，增加了我们的饥饿感。

胃在吸吮。这是一种奇怪的和不舒服的感觉，好像把浆液从全身的肌肉里抽出来慢慢地流到什么地方去，于是肌肉失去了其灵活的柔软性，一种刺痛的干燥感填满了口腔和喉咙，脑袋发晕，眼睛冒出种种黑点，这些黑点时而像是一块块冒着热气的肉和大圆面包，而回忆则为这些"过去的幻象、无声的幻象"提供其特有的气味，这时胃里真好像刀子在绞动。

我们仍旧往前走，彼此描述着各自的感受，机警地注视着四面八方——看看什么地方是否有羊群，并且倾听着——是否有运水果到亚美尼亚市场上去的鞑靼人的大车的尖锐的吱呀声。

然而草原一片荒凉，寂静无声。

在这种艰难时日的前一天，我们三人总共只吃了四俄磅的面包和五个西瓜，却走了差不多四十俄里的路程——入不敷出啊！我们在别列科普集市的广场上睡着了，又被饥饿弄醒了。

"大学生"不无道理地告诫我们不要躺下睡觉，夜间该去干点事情……可是在正派人的社会里，通常是不应该大声谈论侵害私有财产和法律的各种想法的，所以我没有说话，我只想做个诚实的人，粗暴无礼对自己没有好处。我知道，在我们这个高度文明的时代里，人心变得越来越软了，当他们掐住你亲人的喉咙，显然是要勒死他时，他们也是竭力做到尽可能地客气和遵守适用于这种情况下的一切礼节。我自己的喉咙的经验使得我不得不指出这种道德上的进步，而且我怀着愉快的确信的感觉证实，在这个世界上，一切都在发展和完善。特别是从监狱、酒店、妓院数目每年增加的事实中，这一卓越的进步得到了有力的证明……

这样，我们一面吞着饥饿的唾液，极力用友情的谈话来压住胃的疼痛，一面在落日的红色光辉里走过了荒凉、寂静的草原。在我们的前面，太阳静静地在轻柔的云雾中降落，把云彩煊染得艳丽夺目；在我们的后面和两侧则是一片浅蓝色的烟雾，它从草原升上天空，把不令人高兴的地平线缩小了。

"弟兄们，我们去捡些柴火来生个篝火吧，"大兵一边说，一边在路边拾起一块小木块，"我们只好在草原上过夜了——晚上可是有露水！干牛粪和随便什么树枝——全都捡来！"

我们就分别在路旁捡拾干草和一切可以烧的东西。每当我要朝

大作家讲的小故事

下弯腰的时候，体内就产生一种强烈的欲望，扑下去吃这些又黑又肥的土，吃很多很多，吃到不能再吃为止，然后——熟熟地睡去，哪怕是长睡不醒了也要吃，也要嚼，要感觉到那又热又稠的米粥从嘴里经过已经干瘪的食道，慢慢地到达那想吸收一点东西而迫不及待的胃里。

"哪怕能找到一点什么草根也好……"大兵叹口气说，"这种可吃的草根应该是有的……"

可是在这些已被耕过的黑土里，却什么草根也没有。南方的夜黑得很快，太阳的余辉还没有消失，蓝黑色的天空中已经闪出了星星，我们四周的黑影越来越稠密了，把无边无际的草原的平面缩小了……

"弟兄们，""大学生"低声说，"那边，左边，躺着一个人……"

"一个人？"大兵有点怀疑地说，"他干吗躺在那边呢？"

"你去，问问他，既然他要在草原上留下，可能，他有面包。"

大兵朝躺着人的方向望了望，干脆地啐了一口唾沫。

"我们到那边去！"

只有"大学生"那双尖锐的绿眼睛能够分辨出，左边离道路五十俄丈远隆起的一堆黑黑的东西是一个人。我们迈起快步，踩着耕地里的土块向他走去，并感觉到，我们新产生的对食物的欲望更加剧了饥饿的疼痛。我们已靠近了他，他却一动不动。

"也许，这并不是人。"大兵郁闷地说，而我们大家也都这样想。

不过，就在这个时候，我们的疑惑消失了。因为那堆黑黑的东西突然动了下，长大了，于是我们看见——这是一个真正活着的

人。他跪着,向我们伸出一只手,用暗哑的颤抖的声音说:

"别过来,我要开枪了!"

在昏暗的空气中响起了干巴巴的、短促的咔嚓声。

我们像听到命令似地站住了。这种不客气的迎接使我们惊愕得有几分钟说不出话来。

"好一个坏……蛋!"大兵意味深长地低声说。

"咳——是的,""大学生"若有所思地说,"带着手枪出行……可见是一条有鱼子的鱼……"

"喂!"大兵喊了一声,他显然已经有了主意。

那人没有改变自己的姿势,也不说话。

"喂,你呀!我们不会碰你,只要你给我们一些面包——有面包吗?看在基督面上,兄弟,给一点吧!……你这个天杀的,真该诅咒!"

大兵这最后一句话说得很轻。

那个人没有吱声。

"你听见没有?"大兵带着愤懑和绝望的战栗再说一遍,"我说,给一些面包!我们不靠近你……把面包扔过来吧……"

"好吧。"那个人简短地说。

他满可以对我们说。"我亲爱的兄弟们!"即使在这几个词里注入了一切最神圣最纯洁的感情,它们也比不上那个不响亮的简短的"好吧"一词更使我们兴奋,更让我们恢复人性!

"好人,你不必害怕我们。"大兵温和地微笑着说,尽管那个人并不能看见他的微笑,因为他在离我们至少有二十步远的地方。

"我们是很本分的人,从俄罗斯到库班去……路上钱花光了,身上带的东西也全吃光了,如今我们已经两天没吃东西了……"

"接住!"那个好人说,用手在空中一挥。一块黑色的东西

大作家讲的小故事

一闪而过,掉落在离我们不远的耕地上。"大学生"朝面包扑了过去。

"再接住!更多就没有了……"

"大学生"把这些稀罕的施舍物收集到一起时,我发现,将近有四俄磅重的干面包。面包粘上了土,而且很坚硬。干面包比软面包更容易使人吃饱,因为里面的水分少。

"这是一份……又是一份……还有一份!"大兵认真细致地分着那几块面包,"等一下……不匀!学者,要把你的掰一小块下来,不然他的就少了……"

"大学生"没有争辩,让出了二十余克面包。我接过面包,便送进了嘴里。

我开始咀嚼面包,慢慢地嚼着,好不容易才控制住我那饿得可以咬碎石头的上下颌的痉挛动作。我得到了强烈的快感,感觉到食道在搐动,渐渐地、一点一点地获得满足。我一口接着一口地吞吃,温暖的、无法形容地好吃的东西渗入胃里,好像立即就化成血液和脑汁了。这是一种快乐——这种奇怪的、静静的、使人复活的快乐温暖了我的心。胃愈是得到填充,心就愈感到温暖。我已忘记了那些该死的长期挨饿的日子,忘记了那两位同样沉浸在我所体验到的快感里的伙伴。

可是当我把掌心里的最后一块面包抛进嘴里后,我还是觉得饿得要命。

"在这个坏蛋那里一定还有油脂或者肉什么的……"大兵不满意地说,他坐在我的对面,并且用双手在揉着他的胃。

"一定有。因为面包上都带有油脂味……而且也一定还留有面包。""大学生"说,并小声地补充一句,"要是没有手枪的话……"

"这是个什么人?"

"显然是和我们一样的人……"

"狗东西!"大兵决然地说。

我们紧靠着坐在一起,朝我们这位带枪的施主坐着的方向望着。那边没有任何声音,也没有任何生命的征兆传到我们这边来。

夜使我们的周围变得一团漆黑,草原上死一般的静寂,我们能听到彼此的呼吸。有时从什么地方传来小黄鼠的令人郁闷的啾鸣声……星星——天上的鲜花,在我的上空放光……我们感到饥饿。

我骄傲地说——在这个有点怪异的夜晚,我既不比那两个偶然遇到的伙伴坏,也不比他们好。我建议他们起来去找这个人,不必去碰他,但把能找到的东西统统都吃光。他要是开枪,就让他开吧!就算打得中——也只能打中三个人当中的一个;即使打中了,这手枪的子弹也不一定就会致命。

"我们走!"大兵说,从地上跳起来。

"大学生"起来慢一些。

于是我们就走去,几乎是跑着去的。"大学生"则始终走在我们的后面。

"朋友呀!"大兵带一种责备的口吻对他嚷道。

迎面传来一种暗哑的抱怨声和扣板机的尖利的咔嚓声,接着火光一闪,响起了干巴巴的枪声。

"没打中!"大兵快活地嚷道,一个箭步,便跳到那个人的跟前,"喂,魔鬼,我现在也给你一点厉害……"

"大学生"则扑向他的背包。

可是"魔鬼"却仰面跪着,摊开双手,发出嘶哑的叫声……

"真见鬼!"大兵惊讶地说,他已经提起腿来,正想踢他一脚,"难道是他自杀了?你啊!你怎么啦?喂!你开枪自杀了?是

大作家讲的小故事

吗？"

"有肉，有什么饼，有面包……多得很，弟兄们！"响起了"大学生"狂喜的声音。

"好吧，见你的鬼去，去死吧……我们来吃！"大兵嚷道。我取下了那个人的左轮手枪。他不再发出嘶哑的喊声，现在已躺着不动了。手枪里还有一发子弹。

我们重又吃起来，不声不响地吃着。那个人躺在那儿，也没有声音，四肢一动不动。我们没有去注意他。

"亲兄弟们，难道你们仅仅是为了面包吗？"忽然传来了喑哑的颤抖的声音。

我们三人都吃了一惊，"大学生"甚至呛了一下，弯下身子咳嗽起来。

大兵咽下一口面包后，开始骂起来：

"你这个狗东西，把你像干木头那样撕碎才好！你以为我们要剥你的皮，勒索你吗？你这张皮对我们有啥用？你这头蠢驴，丑恶的灵魂，竟带着武器，开枪杀人！你这个该死的……"

他边吃边骂，因此他的咒骂也失去了表现力，没有力量……

"等着吧，让我们吃饱再跟你算账。""大学生"恶狠狠地说。

这时在静寂的暗夜里响起了让我们吃惊的哀号声。

"弟兄们……难道我是有意的吗？我放枪……是因为我害怕。我是从新阿方①来……到斯摩陵斯克去的……上帝啊！疟疾把我折磨苦了——太阳一落山，我就倒楣了！是因为疟疾我才离开新阿方的！我在那儿做木工……我是个细木工……家里有妻子……两个

---

① 旧俄时代黑海岸上库塔依城的一座修道院。

小女儿……三年又三个月没有见她们了……弟兄们！你们都吃了吧……"

"不用你请，我们会吃光的。""大学生"说道。

"上帝啊，我要是早知道你们是本分的人，难道我还会开枪吗？可是，弟兄们，这里是草原，是黑夜……是我的过错吗？"

他边说边哭，说得准确些，发出一种颤抖的、胆怯的哀号。

"瞧，诉起苦来了！"大兵轻蔑地说。

"他身上肯定带着钱。""大学生"提示说。

大兵眯缝着眼睛看着他，笑了笑。

"你——真机灵……我们现在去把篝火点起来吧，然后就睡觉……"

"那么他呢？""大学生"问道。

"让他见鬼去吧！难道我们也让他烤火吗？"

"倒也是。""大学生"晃了晃他的尖脑袋说。

刚才我们正拾柴火时，被木匠的喊声打断了，现在我们再把柴火集拢起来，并很快地围坐在篝火旁边。篝火在无风的夜里慢慢地燃烧起来，照亮了我们所占的一小块地方。虽然我们还可以再吃一顿晚餐，我们却困得睡着了。

"弟兄们！"木匠喊了一声。他躺在离我们三步远的地方，我有时觉得，他好像在低声说些什么。

"噢？"大兵应道。

"我可以到你们那边去……烤烤火吗？我快要死了，骨节酸痛……老天爷！看来，我回不到家了……"

"爬过来吧。""大学生"应允道。

木匠好像害怕失去一只手或一只脚似地慢慢从地上爬到篝火边。这是一个个子很高，却瘦得可怕的人，他好像全身都在晃动，

大作家讲的小故事

那双又大又浑浊的眼睛说明他正受着疾病的煎熬，那张歪扭的脸则瘦得皮包骨，在篝火的映照下甚至现出一种黄绿色的死人的颜色。他全身发颤，使人产生一种轻蔑的怜悯。他把一双又瘦又长的手伸向火堆，一边搓揉着瘦骨如柴的手指，手指的关节无力地缓慢地弯曲着。总之，令人讨厌看他。

"你这是怎么啦，竟是这种样子？步行走来的？舍不得花钱？"大兵忧郁地问道。

"有人劝我……说是不要走水路……而是走克里米亚——说是空气好。可是你瞧，我现在不能走了，快死了，兄弟们！我将一个人死在草原上……被鸟啄吃，谁也不会知道……而妻子……两个女儿还在等着我——我已给她们写了信……可是我的骨头将被草原上的雨水冲洗掉……天呀，天呀！"

他像一只受伤的狼似地哀号着。

"啊，魔鬼！"大兵气愤地说，一跃而起，"你哀号什么？你干吗不让人安宁？你要断气了？就断气吧，不过你要闭上嘴……"

"你们都躺下睡吧，"我说，"而你——既然想来烤火，那你就别嚎叫了，老实说……"

"听见没有？"大兵凶狠地说，"你该明白点。你以为你给了我们一点面包、开了枪，我们就该照顾你吗？你这个萎顿的魔鬼！要是换了别人——呸！……"

大兵不再说了，伸开双腿躺在地上。

"大学生"已经躺下了，我也躺下来。受了惊吓的细木匠缩成一团，移到火堆旁边，默默地望着火光。我们听见他的牙齿在打战。"大学生"躺在左边，好像很快就睡着了，身体缩蜷成一团。大兵两手垫着脑袋，望着天空。

"夜晚多么好，啊！多少星星……"他转过脸来对我说，"天空嘛，那是一张被子，不是天空。朋友，我喜欢这种流浪的生活。这种生活要挨饿受冻，但是非常自由……在你的头上没有上司……你就是把自己的脑袋砍下来，也没有人对你说一句话。这几天我挨了不少饿，生了不少气……可是现在躺在这里，仰望着天空……星星在向我示意说：不要紧，拉库京，去，见识见识，在世界上不要屈从于任何人……而且我心里感觉很好……而你呢——怎么样？喂，细木匠！你别生我的气，什么也别怕……至于我们吃了你的面包，这也不算什么，那是因为你有面包，而我们没有，所以我们就吃了你的……你可是一个野人，你向我们开了枪……难道你不知道，子弹会伤人的吗？我刚才非常生你的气，要不是你自己跌倒了，兄弟，为了你这种鲁莽的行为，我要痛打你一顿。至于面包——明天你到了彼列科普时可以去买——你当然是有钱的……你得热病很久了吗？"

在我的耳朵里很长时间都鸣响着大兵的低沉的说话声和有病的细木匠的颤栗声。夜——阴暗的、几乎是漆黑的夜，越来越低地朝地面上降下来，新鲜的湿润的空气流进了我的胸中。

篝火放出平和的光亮和令人舒服的热气……眼睛都睁不开了。

"起来！快点！我们走吧！"

我惊愕地睁开了眼睛，迅速站了起来，是大兵帮了我一把，他拉着我的手用力把我从地上拽了起来。

"喂，快一点！开步走！"

他的脸色显得严峻而又惊慌。我朝四周看了看，太阳出来了，粉红色的阳光照在细木匠那一动不动的发青的脸上，他的嘴张开，眼睛远远地凸现在眼眶之外，目光无神地张望着，现出恐怖的表情。他胸前的衣服全都撕破了，躺着，身子扭曲得很不自然。"大学生"已经不在了。

大作家讲的小故事

"喂,你看得出神了!我说,走吧!"大兵拉住我的手激动地说。

"他死了?"我问道,早晨的清凉空气使我发抖。

"当然。要是勒住你,你也会死的。"大兵解释说。

"是——'大学生'把他勒死的?"我大声地说。

"咳,那还有谁呢?也许是你?要不就是我?瞧,那还是一个学者呢……巧妙地把一个人干掉了,还要嫁祸于自己的伙伴。要是早知道这样,我昨天就把这个'大学生'打死了。要打死他很容易,朝他太阳穴上抡一拳就可以了……这样,世界上就少了一个恶棍!你瞧他干了什么,你明白吗?现在我们得悄悄地离开,不要让任何人看见我们在草原上。明白吗?因为——人们今天就会发现细木匠,并知道他是被勒死的和被打劫的。于是他们就会盯上我们这种人……你从哪儿来?在哪儿过的夜?尽管我和你什么也没有带……可是他的手枪还揣在我怀里!这玩意儿!"

"你把它扔掉吧,"我劝大兵说。

"扔掉?"大兵若有所思地说,"要知道,这是很贵重的东西……也许我们还不会被逮住吧?……不,我不扔……谁会知道细木匠身上带着枪呢?我不扔……它价值近三百卢布。里面还有一颗子弹呢……哎呀!我真想把这颗子弹射进我们那位亲爱的伙伴的耳朵里去!他,这条狗,劫了多少钱——啊?该死的家伙!"

"细木匠还有两个女儿……"我说。

"女儿?什么女儿?啊,这个人有女儿……得了,她们会长大的。她们又不会嫁给我们,我们就别去谈论她们了……我们走吧,兄弟,快点走……我们到哪里去呢?"

"我不知道……反正都一样。"

"我也不知道。我也晓得反正都一样。我们就往右走吧:大海应当在右边。"

我们便往右边走了。

我转过身来往后看。离我们远远的草原上隆起一个小土堆。太阳照在它上面。

"你在看他是否又活过来了？别害怕，他不会站起来追上我们了……那个'大学生'显然是个老手，干得很彻底……嘿，这个同伴，把我们害惨了！唉，兄弟！人们都变坏了，坏人一年要比一年多了！"大兵悲观地说。

草原静穆而又荒凉，洒满了早晨明亮的阳光，它在我们的周围扩展开来，并在地平线上与天空融汇在一起，如此明朗、温和，阳光普照，仿佛在蓝色圆顶覆盖下这片自由原野的广阔地域中间，不可能有任何黑暗和不公正的事情。

"很想吃点什么东西啊，兄弟！"我的伙伴一边卷纸烟，一边说。

"我们今天吃什么，又在哪儿吃，怎么吃呢？"

真是一个问题！

讲故事的人——我在医院里相邻病床的一个人，就此结束了他的故事，并对我说：

"这就是全部故事。我跟这个大兵很友好，我同他一直走到了卡尔斯省[①]，他是一个善良的、阅历丰富的小伙子，一个典型的流浪汉。我很尊敬他，一直到小亚细亚我们都在一起，可是就在那儿我们便失散了。"

"您有时会想起那个细木匠吗？"我问他。

"就像您所看到的，或者说——就像您所听到的那样……"

[①] 旧俄外高加索的一个省。

大作家讲的小故事

"那么……没有什么啰?"

他笑了笑。

"这方面我该有什么感受呢?他发生的事情里我没有过失,就像我发生了事情,您没有过失一样……况且任何人在任何事情里都没有过失,因为我们大家都一样——是畜生。"

赏析与品读

"高尔基"在俄文里是"苦的、痛苦的"的意思,马克西姆·高尔基(意为"最大的痛苦")取这个笔名,跟他的人生经历有关。由于父母早亡,高尔基十岁时便出外谋生,到处流浪,在饥寒交迫的生活中,在贫民窟、码头等社会底层环境中,他亲身经历了各种残酷的剥削与压迫,饱尝生活艰辛。这一切便是高尔基的"大学"。这些"苦的、痛苦的"经历,对他的人生思想和文学创作具有重要影响。

在高尔基的早期创作中,流浪汉生活是一个重要的题材,他描写沉沦在生活底层的人们的生活和命运,以及他们的苦闷、挣扎和奋斗,表达对劳动人民的同情,以及对资产阶级的批判和对自由的向往,是研究高尔基的社会理想和文艺美学思想的一个重要部分。这一题材的主要作品有《草原上》、《失窃的蓝头巾》(又译作《阿尔希普爷爷和廖恩卡》)、《契尔卡什》等。

二十六男和一女

● 带着问题读一读，你会收获更多 ●

1. "除了唱歌之外，我们还有一种美好的、我们所喜爱的、也许是我们用以取代太阳的东西……"这种东西是什么？
2. 塔尼娅抵挡住了大兵的诱惑吗？

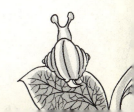

大作家讲的小故事

我们是二十六个男人——被锁在潮湿的地下室里的二十六架活的机器，从早到晚我们都在那里揉面、烤制小甜面包卷和干面包圈。我们地下室窗户的前面是一个用潮湿得发绿的砖砌成的一个大坑，窗框上从外面钉着密密的铁丝网，玻璃上蒙上了一层粉尘，太阳光难于透过玻璃照进我们的地下室来。我们的老板用铁板把窗户钉死了，以防我们把面包送给乞丐和那些因失业而挨饿的我们的伙伴。我们的老板说我们是骗子，伙食里不给肉，只给一些发臭的杂碎……

我们住在又闷又挤的石槽里，天花板又矮又沉重，上面布满了油烟和蜘蛛网，四周围厚实的墙壁上全是油渍和霉斑，我们感到难受而又恶心……早晨五点钟，我们还没有睡醒就得起床了，迷迷糊糊，精神恍忽，而到六点钟，就已经坐在桌子旁用发面做起干面包圈来了。从早晨到晚上十点钟一整天，我们一些人就坐在桌旁用两只手揉搓有弹性的面团，一边揉一边还摇晃着身子，免得身体麻木了，另一些人则兑水调面。锅里的开水成天都沉郁而悲戚地呜咽着，里面正煮着小甜面包。面包师恶狠狠地快速地用铁铲把炉子蹭得沙沙作响，将一块块溜滑的面团抛在灼热的砖上。炉子的一侧从早到晚烧着木柴，红色火苗的反光在作坊的墙壁上不断地跳跃，仿佛在无声地嘲笑我们。巨大的烤炉就像神话里的怪兽的畸形头颅——它仿佛是从地下钻出来的，张开满是火光的大嘴，向我们喷吐着热气；顶上两只通风口形成的黑黝黝的深窝正望着我们无休止的劳作。这两个深窝就像两只眼睛——怪兽的无情而又冷漠的眼睛，它们老是用同样阴郁的目光望着我们，就像对奴隶不屑一顾那样，不指望他们还有任何人性的东西，所以才用睿智的冷眼鄙视着他们。

我们日复一日地在粘土里，在被我们的双脚从外面带进来的污泥中，在浓浊的臭气中揉面团做面包，把我们的汗水也掺了进去。我们对自己的工作深恶痛绝，所以我们从来不吃自己做的面包，我们情愿吃黑面包，也不吃小甜面包卷。我们面对面地坐在长桌旁边，九个人对九个人，长时间地、持续机械地挥动胳膊和手指，对自己的工作已熟练得从不需要去留神自己的动作。我们彼此也十分熟悉，甚至我们每个人都知道伙伴们脸上有几条皱纹。我们已经无话可说了，对此也习以为常了，除了骂人，我们会一直沉默着，因为骂人，特别是骂自己的伙伴，总是有点原因的。不过就连骂人也很少——如果一个人都快死了，如果他已成了木偶，如果他的一切感觉已被沉重的劳动所压垮，那么这个人又还有什么可指责的呢？不过沉默对于那些已经把话说完、再没有什么可说的人来说才是可怕而又难受的；对那些还没有开始说话的人来说，沉默会显得简单和轻松一些……有时我们也唱歌，我们的歌是这样唱起来的：劳动中忽然有一个人像匹疲惫的马沉重地叹息一声，接着便轻声地哼起了一首缠绵的歌曲，那哀婉的如泣如诉的曲调总能减轻一些唱歌人心灵中的重负。我们中间有一个人唱起来，大伙便开始默默地听他独唱，歌声在地下室沉重的天花板下减弱并消失了——就像当铅皮屋顶似的灰色天空笼罩大地时，在潮湿秋夜里草原上出现的篝火的小小火光。然后另一个歌手也跟了上来，于是便有了两个声音在我们狭小的地下室里轻轻地、忧伤地荡漾开来。突然又有几个声音跟着唱起来，这歌声便像浪涛般汹涌激荡，变得越来越强、越来越响亮了，仿佛要把我们这座石牢潮湿而又厚实的墙壁推倒……

　　二十六个人全都唱起来，洪亮的和谐一致的歌声充满了整个作坊。作坊容纳不了这歌声，它撞击着墙壁，呻吟着，哭泣着，激活了人心，使人产生一种隐隐的痛痒之感，触痛了他的旧伤，唤起其忧伤之情……歌手们深沉而又难受地叹息着。有人停止了唱歌，久

大作家讲的小故事

久地听着伙伴们的歌声,然后又将自己的歌声融入到合唱的声浪里去;也有人忧伤地叹了一声'唉',又闭上眼睛唱起来,他也许是把这一浑厚、宽阔的声浪当成了通向远方的一条阳光普照的大道,他看到自己正走在这条大道上……

烤炉里的火苗仍在跳跃,面包师的铁铲仍不断地碰着炉砖而发出沙沙声;大锅里的水仍在咕嘟作响,反射在墙壁上的炉火的影子也仍在颤动并无声地笑着……而我们却用他人的词句唱出自己难于消解的悲哀,唱出被剥夺了阳光的活人的深沉苦恼,做奴隶的苦恼。我们二十六个人就这样活着,在一座大楼房的地下室里活着。我们的生活是如此沉重,仿佛这三层楼的大房子就直接压在我们的肩膀上……

不过,除了唱歌之外,我们还有一种美好的、我们所喜爱的、也许是我们用以取代太阳的东西:在我们房子的二层楼上有一个金绣作坊。作坊里的许多女绣手中有一位十六岁的女用人塔尼娅。在通往我们作坊的过道上有一个小窗口,每天早晨,在小窗口的玻璃上都会紧贴着一张玫瑰色的、有一双快活的蓝眼睛的小脸蛋儿,并有一个清脆而温柔的声音向我们喊道:

"喂,囚犯们!给一点儿面包卷吧!"

我们大家都向着那清脆的声音转过身去,高兴而和善地望着那张妩媚地向我们微笑的纯洁少女的脸。我们看到那贴着玻璃的压扁了的鼻子和因微笑而张开的粉红色嘴唇下两排晶莹而又细白的牙齿,就感到十分愉快。我们相互推搡着奔上前去给她开门,于是她又快活又可爱地进到我们作坊里,拎起她的围裙站在我们面前,微微歪着脑袋,不停地微笑着。她那根又长又粗的栗色头发的辫子绕过肩膀垂在胸前。我们这些又脏又黑的丑八怪则从下往上地打量着她——由于门槛比地面高出四个台阶,所以我们都抬着头望着她,向她问好,并说了一些特别的话——这些话是我们只对她讲的。我们对她说话时,声音就变得柔和一些,玩笑也轻松一些。她在我们这里一切都是特殊的待遇。面包师从烤炉里取出一铲子烤得最好的、金黄色的面包圈快速地倒进塔尼娅的围裙里。

"当心,可别让老板碰上了!"我们提醒她。她狡黠地笑着,高兴地对我们喊道:

"囚犯们,再见!"她像耗子一样,很快就消失了。

可是……在她走了之后,我们却彼此愉快地谈论她很久——谈的都是昨天和以前谈过的老一套,因为不论是她,还是我们,或是我们周围的一切都和昨天和以前一个样……当一个人活着,而他周围的一切却毫无变化,那是会感到非常难受和痛苦的。即便这种状况没有把他活活憋死,那么他活得越久,周围的僵死状态也会使他越发难于忍受……我们在谈论妇女时,说的话常常非常粗鲁和无耻,连我们自己听了都觉得十分反感。这是可以理解的,因为我们认识的一些女人也许就是不配用别的话来议论。但是关于塔尼娅,我们却从来没有说过坏话。我们当中不仅从来没有人允许自己对她动手动脚,就连放肆的玩笑也根本不会在我们这里听到。这也许是因为她在我们这里呆的时间不长,就像天上陨落的星星一样,在我们的眼前一闪即逝;也可能是因为她年纪还小,而且非常美丽,而一切美好的东西都会引起人们(哪怕是粗人)的尊敬的。还有就是——尽管苦役般的劳动使我们变得像笨驴一般,但我们仍旧是人,像所有人那样,既然活着就不能不崇拜某种东西。在我们这里,她是最好的,没有比她更好的了。除了她,谁也不会注意到我们这些生活在地下室的人——谁也不会。最后一点,也许是最重要的一点:我们大家都把她当成是自己人,一个仅仅靠我们的面包卷生活的人;我们把供给她热面包卷看做是我们的义务,面包已成了

大作家讲的小故事

我们每天向偶像敬奉的供品,这几乎成了一种神圣的仪式。因此我们一天比一天更离不开她了。除了面包卷,我们还给了塔尼娅许多劝告,叫她穿得暖和些,上下楼梯时不要跑得太快,不要扛大捆的木柴。她面带笑容地听着,用笑声回答我们的劝告,却从没有听从我们的话,不过我们从不因此而怪她,我们只需要向她表明关心就是了。

她经常请求我们做各种不同的事情,例如开笨重的地窖门,劈柴,我们都很乐意甚至很自豪地为她做这做那,做她想要我们做的一切事情。

可是当我们中有一个人叫她帮忙补唯一的一件衬衣时,她却鄙夷地嗤之以鼻,说:

"得了吧!要我补,才不干呢!……"

我们把那个怪人狠狠地嘲笑了一番,从此以后再没有人向她提过任何要求。我们都爱她——这已能说明一切了。一个人总希望把自己的爱寄托在某人身上,尽管他有时会因此使人痛苦,会玷污人,他可能会因自己的爱而毁掉自己亲人的生活,因为他在爱的同时却没尊重所爱的人。我们不得不去爱塔尼娅,因为我们再没有别的人可以爱了。

有一回,我们当中有一个人不知为什么突然发出这样的议论:

"我们为什么要宠着这个小姑娘呢?她算是什么?啊?我们为她忙活什么呀!"

我们马上就毫不留情地把那个敢于说这种话的人顶了回去。我们必须有所爱。我们不仅为自己找到了,而且爱上了我们二十六个人所爱的东西,这东西作为圣物,对我们每个人来说都是不可动摇的,谁要是反对我们这样做,他就是我们的敌人。我们所爱的也许不一定真的那么好,但是须知,我们是二十六个人,所以我们总希望我们所珍爱的东西——在别人眼里也是神圣的。

我们的爱并不比恨来得轻松……也许正因为如此，某些傲慢的人才断言，我们的恨比爱更值得赞美……可是既然如此，为什么他们还不躲开我们呢？

除了小甜面包卷作坊，我们的老板还有一个白面包作坊，这个作坊也在我们这座楼房里，它离我们的大坑只隔着一道墙。制作白面包的师傅一共是四个人，不跟我们一起。他们认为他们的工作比我们干净，所以他们觉得他们要比我们强。他们从不到我们作坊里来，在院子里碰见我们也鄙夷地嘲笑我们。我们也不到他们那边去，老板不让我们去，怕我们偷白面包。我们不喜欢这些做白面包的师傅，因为嫉妒他们：他们的工作比我们轻松，挣的钱却比我们多，伙食也比我们的好，他们的作坊宽敞明亮，他们个个都那么干净、健康，使我们非常反感，而我们全都是那么蜡黄、灰暗。我们中有三个人得了梅毒，有几个人长了疥疮，还有一个人害风湿病，身体完全歪扭了。他们每逢节假日和工作之余便穿着皮夹克和咯噔作响的皮鞋，其中两个人还有手风琴，他们全都到城市公园去游逛。可我们呢，身上穿着肮脏的破烂不堪的衣服，脚上套着破鞋或草鞋，警察都不让我们进入城市公园——我们能够喜欢那些白面包工人吗？

有一天，我们听说他们中有一个面包工人喝醉了，老板辞退了他，雇了另一个人。这新雇的人是个大兵，穿着绸子坎肩，还揣着一只带金链的表。我们感到好奇，都想看看这位花花公子。为了想见到他，我们便轮番地往院子里跑。

可是他竟然自己到我们作坊里来了。他对着房门揣了一脚，房门便打开了。他让房门开着，自己站在门槛上，笑着对我们说：

"上帝来帮忙了！兄弟们，你们好！"

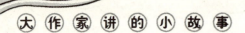

大作家讲的小故事

一股浓烟似的寒气吹进屋里,在他的脚下翻腾,他却依然站在门槛上,从上到下地瞅着我们。在他那淡黄色的、刻意修理得翘起来的小胡子下面,几颗粗大的黄牙分外扎眼。他身上的坎肩真的不同凡响——蓝颜色、绣着花、鲜艳夺目,上面的扣子是用一种红宝石做的,那条表链也是……

这个大兵长得很漂亮,高高的个儿,很健康,皮肤红润,一双又大又明净的眼睛很好看——亲切而又明亮。他头上戴一顶白色的、浆烫过的便帽,洁净的、毫无污渍的围腰下面露出一双时髦的擦得锃亮的尖头皮靴。

我们的一个面包师很有礼貌地请他把门关上。他不慌不忙地关上了门,并向我们详细地打听老板的情况。我们争先恐后地对他说,我们的老板是个狡猾的家伙、骗子、恶棍和害人狂——总之,一切能够和应该用来辱骂他的话都说尽了,只是在这里不方便写出来。大兵听着,抖动着胡子,并用温和、明净的目光察视着我们。

"你们这里姑娘可不少……"他突然说这么一句。

我们中有些人有礼貌地笑了笑,另一些人则扮出甜滋滋的鬼脸,有人还明白地告诉大兵说,这里有九个姑娘。

"你们占过便宜吗?"大兵挤眉弄眼地说。

我们还是笑了笑,声音不响,并且有点儿不好意思……我们中有许多人本想向大兵表明自己也是像他一样的英雄好汉,但实际上没有人能这样做,没有人能做到。有一个人承认了这一点,小声地说:

"我们哪能呢?……"

"是啊,这对你们来说,是难了点,"大兵仔细地端详着我们,非常自信地说,"你们是差点儿劲……你们不够沉着……没有派头……模样也不好……就是这意思!女人嘛——她爱的就是一个人的外貌！她要的是男人魁梧的身材……一切都端庄整洁！而且还要求强悍有力……胳膊肘要，瞧——这个样！"

大兵把右手从口袋里抽出来，衬衣袖子一直卷到肘部，伸出胳膊给我们看……白皙的胳膊强壮有力，上面长满了发亮的金黄色的汗毛。

"腿、胸部——一切都结结实实才行……还是那句老话——人靠衣服马靠鞍……漂亮的东西就需要有好的包装……就拿我来说吧——娘们就是喜欢我。我不用去招呼她们，不用去引诱她们——不用几分钟，她们自己便会投入我的怀抱……"

他在一袋面粉上坐下来，对我们讲了娘们怎样爱他，他又怎样大胆地跟她们玩耍，讲了很久，后来他走了。当门吱呀一声关上之后，我们好一阵子都没有说话，在琢磨着他和他讲的故事。后来不知怎么的大家突然又扯了起来，而且立即发现大家都喜欢上了他。他是这样单纯，招人喜欢。他自己走了过来，坐下来，跟我们说话。我们这里可是从未有人来过，也从未有人跟我们如此友好地谈过话……我们一直在谈论着他，说他将来会在金绣女工中获得成功。这些女工在院子里遇见我们时，不是撅着嘴生气地绕着我们走，就是径直地朝我们走过来，好像路上根本就没有我们存在似的。其实，不论她们在院子里或在我们的窗前走过时，我们都只是欣赏她们罢了：冬天她们戴着各种特殊的帽子，夏天则顶着带花的草帽，手里拿着花花绿绿的小阳伞。不过我们之间相互谈论这些姑娘的话要是被她们听见了，她们倒真会羞臊和气得发疯。

"可别让他把塔纽卡[①]……也给糟蹋了！"突然有个面包师担心地说。

[①] 塔纽卡是塔尼娅的爱称。

大作家讲的小故事

我们大家都被这句话吓着了,全都不说话了。我们好像已把塔尼娅忘掉了,仿佛大兵那魁梧漂亮的身材把她掩盖住了。后来大家激烈地争论起来:一些人认为塔尼娅不会允许这种事情发生,另一些人则肯定塔尼娅抗不住大兵的进攻,还有一些人表示,如果大兵胆敢纠缠塔尼娅,就打断他的肋骨。最后大家决定要关注大兵与塔尼娅的行动,提醒塔尼娅要提防他……争论就此结束。

大约一个月的时间过去了。大兵每天都烤面包,与金绣女工游荡,也常到我们作坊里来,但从未谈过他征服金绣女的事,只是捻着小胡子,津津有味地舔舔嘴唇。

塔尼娅每天早晨都到我们这里来要小甜面包,像往常一样快活、可爱,对我们很亲热。我们试着跟她谈起大兵——她管他叫"豹眼突睛的小牛",和许多其他可笑的外号,这使我们放下了心。看见金绣女们一个个都依偎着大兵,我们的小姑娘却让我们感到自豪。塔尼娅对他的态度好像提高了我们的身价,在这种态度的指引下,我们自己也开始鄙视起大兵来了,对她呢,我们更喜欢了,每天早晨都更高兴,更热情地接待她。

但是有一天,大兵到我们这里来时有点儿喝醉了,坐下来后便大笑起来。我们问他笑什么?——他回答说:

"两个女人为了我扭打起来了……莉季卡和格鲁什卡……她们都撕打成什么样子了,啊?哈,哈!她们相互抓住头发,摔倒在穿堂里,并骑在身上……哈……哈……哈!她们的脸都抓伤了……撕破了……太可笑了!这些娘们干吗不规规矩矩地打,而要乱抓一把呢?啊?"

他坐在长凳上,显得那样健康、干净、开心,一直坐着,笑个不停。我们沉默着。不知为什么,这一回我们觉得他很讨厌。

"不,不,在女人身上,我真是走运,是吗?真是太有意思了！只要丢个眼色——就大功告成了！真叫见鬼！"

他举起那双长满发亮的汗毛的手，又重重地落下去，啪的一声打在膝盖上。他还用如此愉快的惊讶的目光看着我们，似乎他真的不明白，为什么他在女人的事情上会如此走运。他那张又肥又红的嘴脸得意而又幸福地闪着亮光，他还一直津津有味地舔着嘴唇。

我们的面包师用铁铲生气地使劲敲击了一下炉台，突然用嘲笑的口吻说：

"推倒几棵小杉树不费多大力气，可你去推倒一棵松树试试……"

"这么说，你这话是冲我来的罗？"大兵问道。

"是冲你说的……"

"什么意思？"

"没有什么……说完了就完了！"

"不，你等一等，究竟什么意思？什么松树？"

我们的面包师没有回答，他在烤炉里快速地挥动着铲子，把煮熟的小甜面包卷扔进烤炉里，再把烤好的面包铲出来，噼噼啪啪地扔在地板上，让童工们把面包用粗纤维绳串起来。他好像已经把大兵和对大兵说过的话都忘记了。但大兵却忽然有些烦燥不安起来。他站起来，走到炉子跟前，全然不顾自己的胸脯有被空中飞动着的铁铲伤及的危险。

"不，你告诉我——那个女人是谁？你想凌辱……我吗？任何女人也逃不出我的手心，没有过！你竟对我说这种令人屈辱的话……"

他好像真的生气了。本来，像他这样的人，除了有勾引妇女的本事之外，是毫无自尊可言的；本来，除了这种本事，他身上已没有任何活的东西了，唯有这一本事才让他感到自己还是个活人。

大作家讲的小故事

有一种人,对他们来说,生命中最可贵最美好的东西就是他们心灵中或肉体上的某种痼疾,他们一辈子都带着这种痼疾,并且只靠它来生活;他们向别人抱怨这种痼疾,又靠这种痼疾来博取亲人们对他的关注,借此来赢得人们对他的同情;除此之外——他们就一无所有了。如果除掉了他们身上的这种痼疾,把他们的病治好了,他们反而会变得不幸,因为这样就剥夺了他们生活的唯一手段,他们就会变得空虚无聊。人的生活有时就是如此贫乏,以致他竟不由自主地珍视自己的缺陷并以此为生。因此可以说,人之所以变坏,常常是出于空虚无聊。

大兵很生气,逼近我们的面包师,大声嚷道:

"不,你得说出来是谁?"

"说出来?"面包师突然扭过身来对他说。

"怎么?"

"你认得塔尼娅吗?"

"怎么啦?"

"说的就是她!你倒试试……"

"我?"

"你!"

"试试她?这对我来说——小事一桩。"

"那我们就走着瞧!"

"你会看到的!哈——哈!"

"她会把你……"

"一个月的时间!"

"你是个吹牛家,大兵!"

"两个礼拜,我就会让你看到!我还以为是谁呢?不就是塔尼娅嘛!不在话下!"

"好，你滚吧……别碍手碍脚了！"

"两个礼拜——准搞定！嘿，你啊……"

"跟你说，滚开！"

我们的面包师突然发起火来，挥起了铁铲。大兵惊慌地倒退了一步，看了看我们，沉默了一会儿，小声却凶狠地说"那好吧！"就离开了我们。

他俩争吵时我们大家都没有吱声，虽然大家对此都很关心。等大兵走了之后，我们便立即说开了，大声地议论起来，喧嚷起来。

有人冲面包师嚷道：

"你玩砸了，巴维尔！"

"干你的活吧，莫管闲事！"面包师凶巴巴地回答说。

我们都觉得，这回大兵真被刺到了痛处，塔尼娅有危险了。我们都预感到了这一点，同时又怀有一股浓烈的令人兴奋的好奇心——结果会怎样呢？塔尼娅抵挡得住大兵吗？几乎所有的人都很有信心地喊道：

"塔尼娅吗？她抵挡得住！她可不是那么轻易能弄到手的！"

我们很想考验一下我们这位小女神的坚强性。我们彼此都急于要证明我们的小女神是坚强的，在这场角逐中她一定能够胜出。最后，我们似乎觉得，我们对大兵刺得还不够痛，他将来还会忘记这次争执，应该狠狠地刺伤他的自尊心。从这一天起，我们开始了一种特殊的生活，神经紧张的生活——我们从前还没有这样生活过。我们彼此成天都在争论，好像大家都变聪明了，个个都说得越来越多和越来越好了。我们觉得，我们是在同魔鬼进行一次赌博，我们的赌注就是塔尼娅。当我们从面包工人那儿听说大兵已开始"向我们的塔纽卡发起进攻"时，心里愉快极了。这种带有好奇心的生活，使我们忘怀一切，竟没有发现，老板利用我们的激情，增加了

大作家讲的小故事

工作量，一昼夜让我们多做了十四普特的面泥。即便是如此，我们也不觉得累，我们嘴里整天都念叨着塔尼娅的名字，每天早晨，我们都怀着一种迫不及待的特殊心情等着她来，——但她已经不是原来的她，而是另一个塔尼娅了。

然而关于发生过的那场争论我们什么也没有对她说。我们什么也没问她，而是像先前那样对她亲热而且和善。不过在这种态度中已经有了某种与过去完全不同的新的感情了——这种新的感情即是一种强烈的好奇心，它就像一把钢刀，锐利而又冷酷……

"兄弟们，今天期限到了！"有一天早晨，面包师开始干活时对大家说。

其实这件事不用他提醒，我们也知道。然而大家还是吃了一惊。

"你们瞧着她……她马上就到了！"面包师说。

有个人惋惜地喊了一声：

"难道用眼睛能够看出什么来吗？"

于是我们又嚷嚷起来，大声争吵。今天我们终于可以知道，这个注入了我们最美好感情的偶像到底是否纯洁和是否一尘不染了！这个早晨我们好像一下子，也是第一次感觉到，我们的确是在玩一场赌注很大的赌博，因为对我们这个小女神的纯洁性的检验，有可能会毁掉我们心目中的这个小女神。这些天来，我们一直听说，大兵顽固地、纠缠不休地在追求塔尼娅，但不知为什么我们中间却没有人去问她抱什么态度。她依旧是每天按时到我们这里来要面包，她还是跟过去一样。

这一天我们很快又听到了她的声音：

"囚犯们，我来了……"

我们赶快放她进来。等她进来时，大家却一反常态地用沉默来迎接她。我们瞪大眼睛看着她，却不知道跟她说什么话，问她一些什么。我们黑压压的一群人默默地站在她面前。她呢，显然对这种欢迎方式也感到惊讶——于是我们突然看到，她脸色苍白，神色不安起来，身体不住地晃动，沮丧地问道：

"你们这是……怎么啦？"

"那你呢？"面包师阴郁地问道，眼睛依然盯着她。

"什么——我？"

"没——什么……"

"得了，快点给我面包吧……"

过去她是从来不催我们的……

"着啥急！"面包师说。他站着没有动，眼睛仍旧没有离开她的脸。

这时她突然一扭身子，走出门外去了。

面包师拿起铁铲转身面向炉子，平静地说：

"这么说，是上钩了！……该死的大兵！……败类！……"

我们像一群绵羊似地彼此推搡着，朝桌子走去，默默地坐下来，无精打采地开始干活。过了一会儿有一个人说：

"也许，还……"

"得啦，还有啥可说的！"面包师喊起来。

我们都知道，他是个聪明人，比我们都聪明。他的喊声使我们明白，他已经坚信大兵的胜利……我们的心里既郁闷又不安……

十二点钟吃午饭时大兵来了。他像平时那样，干净、漂亮，也像平时那样，两眼直视着我们。我们倒有点儿不自然地看着他。

"喂，贞洁的先生们，要我证实一下军人的勇气吗？"他骄傲地笑着说，"你们到过道里来，朝墙缝里瞧瞧……明白吗？"

我们都走了出来，一个挨一个地把脸贴在朝院子的过道板墙

大作家讲的小故事

的缝隙上。我们没有等多久……就看见塔尼娅步履匆匆、心事重重地走着，时而越过一些融雪和泥泞的水洼，很快地走出院子，消失在通往酒窖的门洞里。不久，大兵打着口哨，不慌不忙地也走进去了。他双手插在口袋里，小胡子在抖动……

天在下雨。我们看见，雨点落在水洼里，掀起一层涟漪。天气潮湿而又灰暗——是非常阴沉的一天。屋顶上还覆盖着雪，大地上已出现了污泥的黑斑。屋顶上的雪也蒙着一层褐色的脏土。雨徐徐地下着，发出一种令人沮丧的声音。我们感到很冷，等得难受……

大兵首先从酒窖里走出来。他抖动着小胡子，慢慢地在院子里走着，两手插在口袋里——还是和平时一样。

然后塔尼娅也出来了。她的眼睛……她的眼睛放射出喜悦和幸福的光芒，而嘴唇呢——在微笑。她像是在梦中行走，身体摇晃，步履踉跄……

我们无法平静地忍受这一切。大家立即跑到门口，冲进院子里，愤怒地、大声地、疯狂地冲着她又是吹口哨，又是喊叫。

她看见我们后，全身哆嗦了一下。她好像双脚被钉住了似地站在污泥里。我们围住她，幸灾乐祸地不断用各种脏话骂她，对她说了许多最不堪入耳的话。

我们骂她时声音并不大，也不着急，因为我们知道，她已被我们包围，她已无路可逃，我们可以随意羞辱她。不知为什么，我们并没有动手打她。她站在我们中间，听我们的辱骂，脑袋一会儿转向这边，一会儿转向那边。我们越骂越狠，越骂越起劲，把一切肮脏、恶毒的话都堆到她头上去。

她脸上的血色消失了。一分钟前还是幸福的蓝眼睛如今却张得大大的，胸脯困难地起伏着，嘴唇也在颤抖。

我们围住她，向她进行了报复，因为她掠夺了我们。她本是属于我们的。我们把最好的感情（尽管这最好的感情也不过是乞丐们的一点微不足道的东西罢了）都倾注在她身上了。但是我们是二十六个人，而她只是一个人。所以无论我们让她受多少痛苦，都抵消不了她的罪过！我们就是要狠狠地羞辱她！……她无话可说，只好用野兽般的眼睛望着我们，全身发抖。

我们大笑、吼叫、怒声呵叱……还有一些人不知从什么地方也跟过来了……我们中间有人拉了一下塔尼娅的上衣袖子……

突然她的眼睛闪亮了一下。她不慌不忙地把手伸到头上，理了理头发，大声却平静地对我们说：

"嘿，你们这些倒楣的囚犯！"

接着她径直向我们走来，显得那么泰然自若，好像我们在她的面前根本就不存在，好像我们并没有挡着她的去路。而我们中还真没有任何人去阻挡她。

她走出我们的包围时，连头也不回，照样大声地、骄傲地、轻蔑地说：

"嘿，你们这些畜——生……坏——蛋……"

就这样——她走了，依然那么挺拔、漂亮、高傲。

我们却仍然留在院子里，在泥泞中，淋着雨，在没有太阳的灰色天空下……

后来我们便默默地回到自己潮湿的石洞里。一如既往——太阳从不照进我们的窗户；塔尼娅也不再来了！……

赏析与品读

"我们是二十六个男人——被锁在潮湿的地下室里的二十六架

大作家讲的小故事

活的机器。"小说开篇即奠定了全文晦暗、压抑的基调。小说中，纯洁、善良的女用人塔尼娅是这二十六个男人苦痛而绝望的劳作生活中唯一的亮色，却因他们的一场赌博，最终被勾引、被侮辱。这一悲剧的产生，二十六个男人无疑是始作俑者，但更大的悲剧在于，他们自己也是被侮辱者。最终被毁灭的，不仅仅是塔尼娅的纯洁和尊严，也是这二十六个男人生活的希望。

高尔基善于描写底层劳动人民的生活，在他的笔下，我们既为底层人民的悲惨境遇感到同情，有时候又为他们的逆来顺受甚至为虎作伥感到愤怒，而这一切，都引导我们去谴责社会的不公正，以及社会不公正的制造者，并向往和追求自由公平。

谈一本令人不安的书

● 带着问题读一读，你会收获更多 ●

1. "我读书是有选择的"，"我"喜欢读哪一类的书？
2. "我"读的这本书为什么使我如此"不安"？

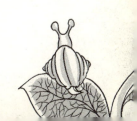

大作家讲的小故事

我——不是小孩子了,我已经四十岁,确实是这样!我懂得生活,就像懂得自己手掌上和双颊上的皱纹一样;没有什么人,也没有什么东西可以教导我的。我有家庭,为了使这个家庭幸福,我当牛做马干了二十年。确实是这样,先生!当牛做马——这可不是特别轻松的事,而是极不愉快的职业。不过这是过去的事了,已经过去。现在我想脱开生活的操劳休息一下了——这就是我要请你了解的,我的先生!

休息的时候,我想读读书。对一个有文化教养的人来说,读书——是一种高级享受:我珍惜书籍,这是我养成的一种宝贵的习惯,但我决不属于那种怪人之列,他们就像饿汉见到面包一样,看见任何书都猛扑过去,想从书中找到某些新的词句,期望从中得到如何生活的指示。

我知道该如何生活,我知道,先生……

我读书是有选择的,只读那些写得有热情的好书。我喜欢作家善于表现生活的光明面,而且对不好的东西也描写得很出色,从而使你在享受调味汁的美味时,不会再去想到烤肉的好吃。书籍应当安慰我们这些终生劳作的人,应当安抚我们。这是我要向您说的,我的先生!安静地休息——是我的神圣的权利——谁会说不是这样呢?

喏,先生,有一回我买了一位新的、深受夸奖的作家的书。

我买了这本书,爱不释手地带回了家,晚上我十分小心地裁开书边后,就开始读它。应该说,我是抱着成见来读这本书的。我不喜欢这些年轻的讨人喜欢的作家和其他一些天才,我喜欢屠格涅夫——这是一位安谧的、温和的作家,读他的书,就像在喝浓牛奶,读着它,你就会想:"这已经是很久以前的事了,一切都过去了,经历过了!"我喜欢冈察洛夫——他写得平和、稳重、有说服

力……

　　但是，我读这些书时……总有点儿莫名其妙！优美、精确的语言，不偏不倚的态度，而且，您知道，写得如此得当——简直好极了！我读完一个短篇故事，合上书本，就思考起来……印象是忧郁的，但读起来却不用担惊受怕。您知道，对可靠的人来说，没有什么生硬的话和模棱两可的话，没有要把小兄弟当做一切美德和理想化身的典范来描写的意图，没有任何粗鲁的东西，一切都非常简朴，非常亲切……我还读过一个短篇故事——非常、非常之好！棒极了！还有……据说，一个中国人要毒死一个不知为什么已让他讨厌的好朋友时，便请他喝用生姜做的糖浆，后者带着难于形容的快乐喝了那美味的糖浆，等到过了"一定的时刻"，这人便突然倒下去了，于是一切也就完结了！他任何时候，任何东西都不再吃了，因为他自己已经准备去做坟墓里的蛆虫的食粮了。

　　这本书的内容就是这样——我连续不断地读它，躺在床上我还在读，直到读完之后我才熄灯，准备睡觉。我躺着，静静地挺直身子。周围一片漆黑、寂静……

　　突然，知道吗？我感到有一种不寻常的东西——开始觉得好像有几只秋天的苍蝇，小声地嗡嗡叫着，黑暗中在我的头顶上飞舞、盘旋；您知道吗？这些缠磨人的苍蝇会立刻停在你的鼻子上，停在你的两只耳朵上和下巴上，尤其是它们的爪子，会搔得你皮肤痒痒……

　　我睁开了眼睛——什么也没有。但是在我的心里——却似乎有某种模糊的和令人不快的东西。我不由得想起我刚读过的东西，眼前呈现出那些人物的晦暗的形象……他们都是些萎靡不振的、静默的、没有血色的人，他们的生活——是不合理的、枯燥乏味的。

　　我无法入睡……

大作家讲的小故事

我开始思考：我活了四十年，四十年，四十年。我的肠胃不好，妻子说我（哼！）不像五年前那样热烈地爱她了……儿子是个木头疙瘩，他的学习成绩糟透了，很懒，只喜欢滑冰，尽看些乱七八糟的傻书……应该先看看是什么书再读嘛……学校——是一个折磨人的机关，把孩子都教坏了。妻子眼睛下面已经有皱纹了，可她还是这一套……至于我的职务——如果正确地加以评论的话，那全然是愚蠢——总而言之，如果正确地评论的话，我的全部生活都是……

这时我抓住了我想象的缰绳，重又睁开了眼睛。这是怎么一回事呢？

我一看——有一本书正立在我的床上，它枯燥、干瘪，用两条细长腿站着。它赞许地摇晃着小脑袋，并用翻动书页的轻轻的沙沙声对我说：

"你正确地加以论述吧……"

它的脸有点儿长，凶狠而又苦闷，一双眼睛痛苦地闪着亮光，刺痛着我的心。

"你好好想一想，想一想吧，你为什么活了四十年？在这段时间里，你给生活带来了什么？在你的头脑里，从来就没有产生过一个新鲜的思想；这四十年中，你也没有说过一句有独创性意义的话……在你的胸膛里从来就没有容纳过任何健康有力的情感，甚至当你爱上了一个女人之后，你也一直还在想着：她对于你是不是一个合适的妻子？你一半的生活在学习，而另一半的生活——却忘记了你所学的东西。你永远只关心生活上的舒适、温暖和填饱肚子……你是个微不足道的庸人，是没有人需要的多余人。你死了之后会留下什么呢？你好像从来就没有活过……"

这本该诅咒的书正向我爬过来，闯进我的胸口，压着我，它的书页在抖动着，抱住我，小声地对我说：

"像你这样的人——世界上有成千上万。你们所有的人，一生就像蟑螂一样，蹲在自己温暖的缝隙里，所以你们的生活才如此无聊和晦暗。"

我听着这些话，感到似乎有人把瘦长而冰凉的手指伸进了我的心里，在里面乱掏着，我感到恶心、疼痛、彷徨。我从来没有觉得生活特别明亮过，我看待生活就像看待一种义务，它对我来说，已经习以为常了……不过，更正确地说，我从来没有正视过生活……我活着，这就行了。可是现在这本古里古怪的书却把生活涂上一种乏味得难于容忍、灰暗得令人烦恼的色彩。

"人们在受苦受难，他们有愿望，有追求，可你却在当官差……你干吗要当官差？为了什么？当差有啥意义？你自己既不能从中找到快乐，别人也不会得到任何好处……你为什么而活着呢？……"

这些问题在啃我、咬我，我不能入睡。然而人是需要睡眠的，我的先生！

书中的那些英雄人物又从书页里看着我，并且问道：

"你为什么活着？"

"这不关你们的事！"我很想这样说，可我又不能。我耳朵里响起了一阵沙沙声和耳语。我觉得好像生活海洋的浪涛托起了我的床，把我连床一起带到一个无边无涯的地方，并且在摇晃着我。对过去年代的回忆使我患上一种类似于晕船的病……我还从来没有经历过如此不安的夜晚。我向你发誓，我的先生。

我还要问您："这种让人烦恼、令人夜不能寐的书对人有什么好处呢？书应当振奋我的精力，如果它把许多针撒在我的床上——请问，我要这种书干什么？这一类的书应当禁止使用。——这就是

大作家讲的小故事

我要说的，我的先生！因为人需要愉快，而不愉快的事情人们自己也能造出来……

这是怎么结束的呢？非常简单，先生！您知道，早晨我像魔鬼一样，恶狠狠地从床上爬起来，拿起这本书，把它送到装帧工人那里去了。

他替我把这本书装——订——好——了！书皮坚固而且厚实。它现在就放在我书架的下一层，我高兴的时候，就用皮靴的尖头轻轻地碰碰它，问问它：

"怎么样，你胜利了，啊？"

赏析与品读

这是高尔基关于读什么书的一篇宣言。

首先，他认为，"对一个有文化教养的人来说，读书是一种高级享受"，但是，"我绝不属于那种怪人之列，这种人就像饿汉见到面包一样，看见任何书都猛扑过去"。作者明确地宣布："我读书是有选择的，只读那些写得有热情的好书。我喜欢作家善于表现生活的光明面，而且对不好的东西也描写得很出色。""书籍应当安慰我们这些终生劳作的人，应当安抚我们。"

也就是说，读书应该是一种愉悦的享受，"如果它把许多针撒在我的床上，请问，我要这种书干什么？"

高尔基不仅是伟大的文学家，在文艺理论研究上也有自己独到的观点，他写过大量的文艺理论、文学批评文章，这篇文章通过寓言的形式，鲜明地表达出了他对文学创作的理念。